炉膛与胸腔

汪峰 著

中国言实出版社

图书在版编目(CIP)数据

炉膛与胸腔 / 汪峰著 . -- 北京 : 中国言实出版社,
2023.12
ISBN 978-7-5171-4699-5

Ⅰ . ①炉… Ⅱ . ①汪… Ⅲ . ①诗集 - 中国 - 当代
Ⅳ . ①I227

中国国家版本馆 CIP 数据核字 (2023) 第 235726 号

炉膛与胸腔

责任编辑：郭江妮
责任校对：邱　耿

出版发行：中国言实出版社
　　　　地　　址：北京市朝阳区北苑路180号加利大厦5号楼105室
　　　　邮　　编：100101
　　　　编辑部：北京市海淀区花园路6号院B座6层
　　　　邮　　编：100088
　　　　电　　话：010-64924853（总编室）　010-64924716（发行部）
　　　　网　　址：www.zgyscbs.cn　电子邮箱：zgyscbs@263.net

经　　销：新华书店
印　　刷：徐州绪权印刷有限公司
版　　次：2024年1月第1版　2024年1月第1次印刷
规　　格：880毫米×1230毫米　1/32　7.375印张
字　　数：160千字

定　　价：58.00元
书　　号：ISBN 978-7-5171-4699-5

　　汪峰，江西铅山人，现居大凉山。国企员工。第二届江西省作家协会滕王阁文学院特聘作家，中国作家协会会员。《诗刊》社第十二届"青春诗会"的参与者。《诗刊》社"云时代·新工业诗歌奖"、"2022江西年度诗人奖"获得者。有诗集《写在宗谱上》正式出版。诗《书香》收入《铅山县志（1986—2011）》。

　　Wang Feng, from Yanshan, Jiangxi, PRC ,lives in Daliang Mountain now. He is the distinguished author of the Second Session of Tengwang Pavilion Institute of Arts in Jiangxi Writers Association and a member of China Writers Association. He participated in the "12th Salon of Young Poets " organized by "The Poetry". He has won the "Cloud Era - New Industrial Poetry Award" and "2022 Jiangxi Annual Poet Award". His poetry collection has been published on "Written on the Genealogy". Poem *Fragrance of Book* has been included in "Yanshan County Chronicle (1986—2011)".

代　序

像铆钉楔入

写作的意义，其实是对生活的一种镶嵌或楔入。一个诗人，一个来自工矿一线的诗人，他的血液早已和油漆搅拌好了，他要给现实中的金属涂上一层理想的涂层，以此来彰显大工业时代人的尊严和光亮。当然，写作不是浮在现实的表面，而是受现实的约束，一首工业诗歌必须受机电、工艺、工业现场甚至是一块角铁的约束，正是约束，让诗歌有了难度也更有深度，诗歌变得真实可以触摸并更具宽泛的意义。

一个诗人必然要接受物化，受物之约束，深入于物、现实之场景，这就需要沉潜，十年、二十年地沉潜。我在工矿企业沉潜了三十多年。楔入，类似于打井，类似于纵身入井，井越深，水花溅得越高；井越深，灵魂浸得越透。楔入，我一直想楔入这工业时代的心脏，感应经济发展永动机的运行。金属包裹着它火焰的岩芯，要光就有光，我在生铁中寻找光。诗人不仅仅是点灯者，点灯者不足以构成诗歌的光芒，但它在收集物体的折光和反光，时间的折光和反光，社会的折光和反光，而这些必然是诗的。在矿山和工厂，这些年，我一直像铆钉一样，死死地与存在之物铆在一起，把自己和自己的工作、生身环境以及这个激情四溢的工业时代紧紧地铆在一起，且互为镶嵌，互为溶蚀，身体里早已有了矿石的气味、钢铁的气味、工业的气味。情感就是电击，必须从机器的固执和僵硬中逼出光来，诗歌才具有活性。

刚才谈到铆钉，如果我们认为铆钉是车间所必需的，那么我们可以这样理解为一个车间的意义在于铆钉。当然意义并非仅限于铆钉，它也可以是铆钉的对应物。楔入，语言滑动，从意指滑向能指，语言丰沛了它的流量。犹如一台机器，它可以置身于任意地方，但只有置身最适合的工业现场，它的存在意义才能全部展现出来。

近年来，我牵着车间轰鸣的机器和流水线像牵着星星的羊群散步在祖国的高原。语言是展翅的鹰，足以把人带向高处。这是轻的东西，包括我们的激情与愿望。"语言把单薄化作轻，把厚实化作重（罗兰·巴特语）"，当然，语言也有重的东西，机器、铁锈、旧工艺，也包括凝滞的皮带机，在承重着个人、家国、民族、时代的情怀。一个人的老茧是可以飞出蝶的，身体是一个铁血的熔炉。工业时代，我不断校勘自己的位置，楔入，在炉膛与胸腔里熔炼，并在锤迹中尝试着火星四溅。

目 录

CONTENTS

第二辑　工业园抒情

第三辑　树长得很慢

诗　评

诗评摘编

后　记

第一辑
高原种石头的人

骨头拆裂，星月低垂
石头集合，山冈汹涌
我跃马狂奔，提着西部的篝火

安宁河

一根鞭子，在横断山脉
抽开了一条大裂谷

石头沉陷又涌出，一个路过的人
拎着月亮的深井

牦牛坪

太阳光着膀子，皮肤又粗又黑
一头牦牛，一群牦牛，像云朵在群峰和高原翻滚

而在脚板的下方
谁亿万斯年静静地守候着海拔三千米的稀土矿
牧人一声鞭响，矿石会震落一小片

直到勘探的钻机被建昌马驮上来
直到掘进机的轰鸣敲碎黑牦牛的骨头从矿井中涌出
直到一只结满矿业老茧的手掌拍击群山，溅出满天星光

探矿

探矿人每往前迈进一步

柴油发电机和帐篷便往上移动一步

群峰也悄悄地跟在后面

在横断山脉，探矿者把帆布皮鞋挂在峭崖之上

而把探矿的钻头深深地插进岩石里

像长久失望的怨气和火气

像深重的祖国嘶哑的喉咙

探矿人的身体和日子

和泉水一起煮沸

经常啃着冬天干硬的风

并在夜里细数着落单的流星

那时，他的儿子

正嗷嗷待哺，还不懂得

远方有大山，大山中有父亲

正踩着大山的骨骼

正在向大山打探

光照不到的地方

还有没有未被触及的幸福

笛声

白色的油漆
在黑色的矿山慢慢渗透

像装修一扇窗
他在耳朵里调制一只鸟的飞翔

一个矿工
他的手指还长出一截带风的竹枝

另外一桶白油漆,漆到哪里
哪里都有白铁皮
都有情感的沼泽在静静地反光

高原种石头的人

高原种石头的人

也种金属、稀土

作为矿工，我们的土豆、圆根是我们的汗水

埋下去，一年一年埋下去

在西南部高原，在牦牛山

土豆、圆根迅速长大，成片长大

挖出来，一吨一吨挖出来

长大的石头砌在百姓生活的围栏里

长大的金属或稀土安放在我的手臂中

我要去扇动匍匐中的祖国

挖矿

钻机直来直去
岩石侥幸躲开

电铲在铲斗里喊出铁齿
山被活生生剥开

像从水井里吊出大象
一声巨大的轰鸣来自春天的雷暴

地平线裂开是对的
他梦见自己的羊蹄草
在散装的石块中拱出来
带着血带着皮

岩鹰

采矿场的超市
有一个岩鹰的冰柜

手套在挖掘机里落草
他的春天，有一个螺旋而下的竖井

理想的肝胆便于捆绑虫卵
运输车是铁打的事实

运输翅膀
云朵已从货架上撤下来

他在春天的复印店里忙于复印羽毛
他放跑了沉默的岩石和竖井

火焰的心脏

西部的炉膛

有一颗火焰的心脏

有山河、星光的倾泻

有狮子穿崖过壁

在黑暗中低垂

有闪电和雷鸣在骨缝中探头探脑

有裂石正高傲地伸出黎明的脚趾

他火焰缠身也在火焰中翻身

大海止于收集

病人止于无休无止的痛

血液止于灰烬

马背上的西部

马背上的三角铁指向峰顶
建昌马个小
山路正好适应它的短腿

一个转身又一个转身，偶尔也有马跌落山崖
但一块块三角铁在悬崖或峰顶上站了起来
站成了铁塔，架上了电线

马背上的三角铁指向峰顶
实际上是马背上的西部要指向峰顶——

电

在电的激流里，我要回到安宁河、雅砻江、金沙江
在电的激流里，我要以我的快慰激活满山的石头、满天的
红云

飞鸟衔着久远的雷声
高大雄伟的铁塔从牦牛山、大凉山陡峭的山崖翻越而过

比河流更激越和滚烫的是水电工人的心
比横断山脉更有落差的是我们正尝试着改变的贫穷

海

海是一场阻止
是鱼的肠胃里，悬起的砍刀
万物暴跳，万物成狂
只有无辜的肠胃
蠕动群峰一样的陡峭
高原是一个海，万物鱼一样踊跃的海
阳光下有无限事

野花谣

野花和少女要上天堂
明月将成为野花和少女的后院

风拍打着去年长出的空树枝
她挺直身子，扔掉身上的空树枝

她要下一场灵魂的大雪
她又要解救这场无枝可依的大雪

野花和少女在逼近天堂
这人间的真爱谁也无法阻挡

火焰

劳动是火焰之美

也是奔赴之美

火焰，是看不见的黎明的群山

插满了鲜艳的旗帜

我，轻取火焰

在充满柴堆的祖国，我热爱劳动和奔赴

并在深夜抱紧柴堆

我是一根干柴之美

矿区

矿区像簸箕，一抖，抖出一轮太阳
一抖，又抖出一轮月亮

悬崖上有工棚，有矿
有铁塔支起的高压线
电缆线里有老虎
有煮沸的钻机、电铲的吼声

一朵野菊花在风中打着旗语
矿石和星星在高原蓝中拼命地绽放

运矿车被一条路的胳膊圈在怀里
卡调楼只在夜里醒着

她从安全帽里走出来
一身汗水，一身泥

金沙江

石头、沙子填满了胸腔

断崖处，石头、沙子又垫起一只鹤

鹤的翅膀被凶险异常的河水舞成两岸的山岭

白鹤滩，金沙江上游的某一段

江河水会在大坝前停下来

我以为，老来的智慧只是尽量松开自己的双手

但河流不，它紧紧地抓住两岸

内心的激越，内心的桀骜，暂时蓄满了水

在310省道杨家湾子向下望

金沙江水深厚而平阔

轻拂两岸婆娑的树枝

但就近葫芦口大桥上看

金沙江实际上在水底翻卷

像一条鳄鱼

咬碎雪山

咬断横断山脉

大地上挤压的力量是一柄上升的巨斧

可以劈开大石头、硬石头

一路向前

我的车辆跟了一小段

金沙江能去的地方

车辆并不能去

矿石的荒野

安宁河弯着的身子慢慢挂到天上
牦牛坪矿区工棚的窗子里住进了月亮也住进了星星

电铲、钻机、运矿车，轰鸣了一整天
现在脱去了身上的油污、汗迹和疲惫，暂时被搁置

茅草们在采矿场破碎的废石上忙于赶路
像矿工，用低卑的枯槁
来划亮头顶的露水
和远方乡村里孩子的书包及妻子的化妆盒

一个内心灼热的人用他的劈柴支起矿区的孤独
和一场宽衣解带沉沉的鼾声

一个内心斑驳的人，抱着一堆矿石
是一堆矿石的荒野

铁矿

黑暗比光明隐藏得更深
铁，黄昏打开自己的锁链
这西部的铁石心肠，找到了我——

群山正试图交出落日
麻雀是自己飞翔的练习簿
此刻散乱的有些像刀片
失去了自控力

在采矿场
铁扑面而来，肯定有人屈服于地球的磁力
电铲刚刚卸下铲齿，运矿车不遗余力地垂下翅翼
只有老父亲还以劳动的姿态，用大铁锤锤击群山

铁是飞翔的水，父亲，你的眼角有灯泡里的红丝
你坚守着自己的沉默和群山的沉默
但有一块火化也化不掉的骨头会磨成绣花针

去缝补好那件被铁矿石划破落满灰尘的旧棉袄

和三月桃花的胃痛

草色

一个民工蹲在

工地上

吃盒饭

他的背后是草

他的前面是草

他的头顶上是草

他的屁股底下是草

关键是

他的脸上是草

越来越密的草

越长越长的草

中秋

你基本上是月亮
你基本上下半夜出来
往空井里跳

你基本上住在工棚里
在同村人的撺掇下
你基本上在草纸上睡了一夜
你基本上在安息香里
还原成女人

你基本上是一桌热气腾腾的饭菜
你基本上以鱼的姿态
慵懒地睡在一个粗瓷碗里

你基本上没人交谈
你基本上和地下人交谈
你基本上挂在一孔箫上

你大不了
和一只蟑螂有关
在我的窗户上爬了又爬
咬得一颗苹果掉了牙齿

你基本上是圆的
你基本上是牙齿里
一个尖叫了很久的声音

矿工是一群羊

矿区是破碎石头的荒野

每一粒石头都有向上的激情和向下的执着

每一粒石头都是矿山放养的一只羊

经历过风的刀割、雨的锤击

依然像呼吸一样在矿区起伏、缠绵、坚守

矿工也是一粒石头或一只羊

每天从家走向矿区走向钻机、电铲、运矿车

又从钻机、电铲、运矿车走回家

帆布皮鞋在矿区破碎的石头中

窸窸窣窣然后又悄无声息

深冬，矿工的羊群在破碎石头中走散了

会误认是一场暴雪过后还在飘舞着的几粒雪

石头

石头

有斧头的锋利，有木头的顽固

从深山凿出来

镶进人间的胸腔

这人间，有烈士也有小丑

住进石头中

或从石头中崩出

有的举着斧头

有的拿着木头

打钎

现在你把大锤抡到最大限度

目的是

要把钢钎或坚硬的世界观

打进岩石里

钢钎

一点点深入

像我们下豆种

一颗颗埋入土里

无非是等

发芽、长叶、开花、结果

无非是你

要收获爱情和金属

现在阳光正在上游

在岩石里

黄金的面孔比水更深

比哲学更不可知

你是从乡下来的打钎工

懂得

从更深的井里打出的水更甜

但必须花更大的气力

而锤一下比一下更有风度

这说明它看见了

你的汗水

滴入生活的过程

是钢钎进入岩石的过程

自有一种坚韧不拔的豪迈与欣喜

像你走进花店

从五颜六色的花丛中

终于选到爱人所喜欢的一束

现在你把锤子抡到最大限度

打钎

就是向生活展示男子汉铁骨的最好方式

大月饼

月亮是个大月饼

我在工棚的窗户中看见了

我跑出门去张开嘴吃她

我多想吃她呀

她就放在天蓝蓝的盘中

像一张皎洁的脸

我多想吃她呀

可我没有高原那么大的嘴巴

我只好把手伸了过去

我用刀把她分成无数瓣

让我的工友们都能吃到

现在月亮还圆在那里

好洁白的月亮呀

她仍然圆在那里

只有我的刀呆呆地抓在手上

白云

冬瓜挂在天上
露天采矿场是一口大锅

没有锅铲有电铲
探亲的女人
随便撒一把盐
轻声地说一声爱
你就切开一条冬瓜
白色的肉白色的瓤白色的籽
整齐排列

白云正好铺在锅底
或在锅中翻炒
探亲的女人
在工棚里掌握火候

露天采矿场
开始有春天醋畅的汤汁和美味

采场

电铲如青蛙般在黑夜的石缝中鼓捣

运矿车掌管着山丘的去向

一个老矿工的背影

在一堆勇猛得有点崩溃的废石上

慢慢长出一蓬草

这时，你越来越近

要拔出一蓬草，你牵扯得越多

说明你放不下的更多

铁质的声音

月亮是挂在车间墙壁上的
一副电焊面罩

高高的卡调楼
是放在露天采矿场的一支焊枪

电焊工来了
他像一座矿山
蹲下来
他取下面罩
拿起焊枪
将夜晚和西部高原
两块粗放的生铁
紧紧地
焊在一起
而焊花在西部高原
是露天采矿场里电铲

和矿用大车沸腾的灯火

而此刻的采矿场上
应该有一面座钟响应
座钟肚子里
悬着一柄重锤
会准时砸下来
敲响地球
溅湿矿区铁质的声音

运矿车

运矿车像月亮一样
拉不尽矿山的白石

尘土飞扬
天上的尘土来到人间便为矿

体内的品位和体外的储量
以及蓝空里的星群都在和时间赛跑

惊散了的，不仅仅是膝盖和月光

运矿车司机老张，来自山脚下的村庄
他放弃了屋前的桃林
屋后瘦脊的一堆石碑
带着水井的善意、灶膛的暖意和米缸的渴意
抬起头
蹬上黄色毛皮鞋一样丰厚的露天采矿场

背篓里的运矿车咆哮了一冬
他把来年的矿石玉米一样堆垛

而轰隆隆的永不疲倦的运矿车
这财富的运矿车像一根揪紧生活的绳索
我温热的手掌，被它勒下
一道道很深的车辙

顽石

在采矿场
顽石不点头
却被雪花慢慢地啃光

电铲孤零零
它不停地
在采矿场来回移动
冻僵的履带
吃力地发出
骨头松动的声音

雪不停
电铲会停下来
煮一壶高原雪水

但此刻
它更像一颗顽石

努力地从雪的内部

移向雪的外部

月

砌在骨头里的孤月
我有夜深人静的独白

我有小钥匙
大地的腰间晃动着很多铁片的声音

用一块石头测试土豆的
平凡之心
用一根茅草去割破风的苦胆

用群山，去安慰一个盲目已久的探矿人
群山，只不过是搁在他头颅下的小海拔

饥饿时
月亮咸萝卜一样
蹲下身子
用白铁皮勺子

倒给贫困的高原
满天的白米稀饭

运矿车轰鸣

简易公路收放自如
轰鸣的运矿车卷起尘土

云朵裹紧蓝天的工装
石头一个闪念就成了人间的矿产

老鹰抱着对大山的眷顾
几棵松树从不拦劫扇动的群峰

他始终盯紧命运表盘摇摆的刻度
紧握着方向的铁不肯松手

风在他混杂的头颅上浇筑水泥
话很少，皮肤原谅了高原的粗糙

一个山谷，被反复打磨，他遭遇坎坷
但橡胶轮胎一点也没有松懈的念头

当他钉子一样垂下来

当辽阔，钉上星星的耳钉

心有不甘

头顶的河流就会放干自己的清水

铁呀铁

一块铁从肩胛中取出

一块铁在锤子下延长

一块铁被十指狠命地按住

一块铁插进生活的崖缝里

一块铁郁积成一块巨大的石头

一块铁把石头和盐拼命地收进胸腔

一块铁抱住自身的斑驳和闷雷

在烈焰中反复地炸裂

一块铁旋转在命运的螺纹里

一块铁不断被塔吊拧紧到高处

而它的志向略小于一枚落地的针

废弃的矿坑

空有肉身，空有蛛网

走失了的青春，他是下一个

他是一种塌陷，一种失陷

剩下的东西不多

剩下的时间也不多

一个旧时代杵在那里

一个白发苍苍的椴树挂着拐杖

在横断山脉的大山中

一段轰鸣渐渐干涸

干打垒，都是一些低调的人

没有姓名，没有性别和年龄

一律以矿工的名字

一律以采矿设备废部件的形式

一律以散乱的记忆，砌进石碑

烈火仍很踊跃

从四面八方涌来的流水

还在野花中扑闪

风掠过，头发试图飘起来
他试图站起身来
像石碑一样挺拔，像横断山脉的群峰
一样峭拔
黄昏擦拭着山冈的底色
埋在脚下的草
都有一段沉降铁锈的年龄

汗水

汗水里有一块盐碱地

电焊工燕子

每天都在这块盐碱地里

种庄稼或锄草

她的眼睛埋在

她的面罩后面

种子一样深

她的手指

在帆布手套里

茭笋一样憋屈

不可能茭笋一样娇嫩

而像一根瘦硬的焊条

在熔化的过程中

被推出来

将天地两块铁板焊在一起

天就黑了

而焊条在铁板的缝隙

溅出满天繁星
她的身子被疲惫的工装
煞有介事地紧锁在扣子里
多年后反而像农妇
从盐碱地里拔萝卜
依然鲜嫩，有白色的汁液

钢丝绳

西部，被钢丝绳缠住

要有多大的力气

才能将自己吊升到自己的峰顶

吊车司机小心地按着控制键

像在捉一尾战战兢兢的鱼

吊车司机只有浸在水里

皱纹才显得自由、荡漾

鱼才在表盘里游得平稳

现在钢丝绳随着身体的提升

绷得越来越紧，只有绷得更紧

自己的身体里才不长草、不生锈

才显现出分量

现在吊车的吊钩牵引着钢丝绳

把大西部

把托辊和皮带运输机上汹涌的矿石

把大地不眠不休的灯火

和一个发育良好的工业园

把钢轨和其上奔驰的列车

吊往高处

仿佛一棵纠缠不清的藤，一靠近树

沸腾就释放出来

锈水管

水管以前
可以滴水
现在不能
因为锈了
因为锈
像一条脏毛巾
把水管的口堵住了
锈水管不能滴水
水管很长
以前，有人在另一头哭
我们在这一头
看到泪水
现在，那头再有人哭
更多的人哭
我们最多也只能
听到
这一切
都因为水管锈了

一个架线工在云端走钢丝

踏踩冈峦，扛着电线
在红色的高原之上
牵动危岩

一个架线工，血肉之躯移动，靠近蓝天云朵
要命的阳光，奔跑着狂热，仿佛火逼着火
我们弯下头颅便是镰刀

梦再好也是梦
光再暗也有尘埃闪现
橡胶圈、油漆、铆钉、铁塔
自带星座和光芒

他一手抓住峡谷和河流
一手抓住群山的心脏
一个架线工
置身落日的穹顶

安全绳系在水里
一个架线工，在云端走钢丝
用完一万吨盐水

现在，他设法阻止体内白石的燥热
像返身荒凉的山冈
白发人给黑发人引路
从不考虑自己的危险
从黑暗中提取黑夜
和万家灯火
像在墙壁上凿无数个孔
让星光的琼浆喷溅出来
或牵引时代隆隆的机车，贯胸而过
轰鸣着而去

噪音的粉末

夜班
像集体睡在一张天空的凉席下面
操作工有一种苦恋的味道

潮湿的星光，和雨沫围着的走廊的灯
像在流水线来回反复巡视的一对情侣

他们经过一间值班室，有红油漆上升的气味
其中的一人像抱着火焰的劈柴在写信

记忆锈了
他或她会反复打磨他们的祖国
一会儿放在高远而寂寞的山冈上
一会儿放在辽阔而疾驰的火车中

责任区是一大片亮光
是盐水架筑的桥梁

他们

一个在上一道工序取水

一个在下一道工序种稻

他们在接力，像昨天和今天的接力

他们像焊工，将黑夜和白天进行无缝焊接

他们等待着领一条河流回家

但很明显，现在他们的手脚不停

在产品与账单之间忙碌，没有一滴水流动

而噪音碎成粉末

进入他们黑暗沉沉的矽肺

球磨机

球磨机

一直在旋转

这选矿厂的心脏

这山风形成的轴心

这树枝抽打着的

向日葵的头颅

不断把日子的发条拧紧又松弛

我在他的热风吹雨中度过每一天

我在他的面前整理工装和盐

我在他的向日葵盘里不断吐出青春期的花籽

现在，他高卧高原

一身猛虎的蹄印缤纷而来

现在他的腹腔饥渴如奔跑的祖国

现在，我在他巨大的腹腔内不断装填

西部的坚硬和韧性的钢球

钢球拍打着钢球

钢球推动着钢球

像一个人鼓励着另一个人

现在钢球的力量达到极致

他要让体内的矿石爬一座山，过一条河

然后变成齑粉

也要幸福地咆哮

星星翻江倒海

轻轻地一握或

致命的一击

都是铁打的事实

现在，他的山冈

澎湃着理想主义的激情和义无反顾

内心可以一碎再碎

只有破碎

才能实现重塑

浮选

浮选槽上

刮板像一大片理想的风车在旋转

携带金属的泡沫被刮到槽里

构成了高品质的浮选精矿

浮选工每天都在浮选槽边来回巡检

她们还把药剂、青春倒在槽里

看药剂形成多彩的泡沫

怎样从矿浆里将金属吸附

吸附得越多

品位越高、品质越好

泡沫吸附金属的过程

技术含量高

其实肉眼看不见

要凭感觉

在空地上看到一段锈铁轨

一段锈铁轨，像秃了脑袋的骨笛
长着野草的羽毛，在夕光中
沉湎于体内的轰鸣与飞翔
在西部，群山风起云涌
一个时代到底有多波澜壮阔
在一段铁轨上险象环生
却始终挺直，向前延伸
是记忆，还是消逝，抑或是怀念
骨笛风吹，在车间外的空地
一个老工人重拾呼唤
在他内心的钢水里
天上的星河，地上的流水
和他的桀骜，都踩出了沸腾的脚印
并汇合进机器声的炉膛
为火焰而生的是不死的飞翔
黄昏，一段锈铁轨被救起，忍住了痛
音乐湿人衣
骨笛像流着水泥浆的灯光埋入窗户

火车

火车是高原云朵的影子
它移动，能越过山川
肯定是带翅膀的

火车也经常进入山洞
像插入黑暗的手
不断插入更深的黑暗

第二辑
工业园抒情

繁星的后院，低垂的磁铁
等待被电激活，它倾向流水
但跳入火焰的炉膛

电解车间正在安装炉子

他们正在安装十五台炉子

银白的导索和熟铁的炉台

一个健谈一个沉默地配合在一起

像车间调度员和炉前工

铆在车间，各自承担一台炉子

十五台炉子各自的工序和使命

现在他们正在安装十五台炉子

车间明显有些紧张和焦急

切割的气味有着乙炔的气味

割枪在铁板上吐着火舌

让标准、规则的炉台得以成形

而电焊工也隔着面罩

将不同个性的钢板熔合在一起

他们在彼此的缝隙处，填补自己精湛的手艺

激情的焊枪动不动就火花四溅

让车间有着节日的喜庆

而一根根吸尘管正搁在炉台之上

它们像老人的烟枪

随时准备吸走电解炉里的烟气

现在十五台电解炉正在汗流浃背地安装

它们从一堆杂乱的钢铁和器件中渐渐抬头、成阵

像即将出发的队伍，最后一次整装

等待着起炉、点火、出发的指令

炉前工

紧握着一根钢钎的热度
拧紧汗水
安全帽紧扣住
一条河内部的澎湃

炉前工的肌肉鼓凸
巨大的力量感掠过山谷
怀石的骨骼暴露出他的皱裂
他掘井下沉
左胸，类似于渊底
是被他剧烈搅动起来的部分

生命的炉膛
有熔盐，有碎骨头，有烈焰
有赶往异地他乡的灰尘
他的手臂火车一样从湿衣服里掠过
群山硬生生地矮了一截

冶 炼

岩石内部的胸腔早已幻化成燃烧的海水
要几千度高温才能诠释爱情
炉前工是镰刀的化身
他梦见口齿在火焰之上闪耀
而一块金属从此脱胎换骨

镰刀要收割高原和群峰
在骨盆之间除了收割水稻和玉米
还有向上生长的低卑

炉前工在鱼尾纹中弯腰
藏身在累处，藏身在痛处，才能藏身在高处
炉前工在血水的内部
紧扣工业时代的皮带

让金属的骨头火焰一样狂长
让矿石的叶片永不止息地在海水中震颤

炉前工在搅拌自己

他梦见雪花抬头

老矿工的父亲在炼炉里起身，光芒闪闪

死亡与新生，在冶炼中

就这样夺目，光芒闪闪

沸腾炉

这沸腾是群山的跌扑
这沸腾是熔盐的炸裂
这沸腾是金属的气焰
这沸腾何止摄氏二千度

这沸腾用钢琴劈柴
这沸腾用猛虎添火

这沸腾是工人在骨血里喊住滚滚红尘
这沸腾是中国工业想从我手上扳开桃林

炉前工杨疙瘩

炉前工大杨，初中毕业，三十五岁

膀大腰圆

往炉台前一站，像一块大铁疙瘩

同事们都叫他杨疙瘩

车间建成十年，他工作十年

他是一台万安炉的炉前工

他每班给炉膛加料、搅拌、取料

一台万安炉在他面前就像一口炒菜的锅

他像一个技艺娴熟的厨师围着炉台转

一勺熔岩、一勺氧化镨钕几斤几两

他一眼就能拿捏得十分准确

怎样的原料一个小时搅拌几次他也能判断准确

他围着炉台转，一根三十斤的钢钎

在他手上就像烧火棍一样

炉台前的温度很高

他的工作服动不动就湿得没有一根干纱

问题是他经常铁疙瘩一样站在炉膛前一丝不苟地操作

问题是他的工作服被烤干后会结一层厚厚的白色盐霜

问题是在炉膛前站久了，他的皮肤隔着工作服

都会被微微的灼伤，但他仍铁疙瘩一样

在炉膛前留下执着的背影

炉前工是最辛苦的一个工种

最近公司正在对万安炉推进自动加料系统

面对新的工艺和新的控制，他多少有些茫然

他家在工业园附近的农村

他是上班扛起钢钎下班扛起锄头的那种人

熔炼车间

把高原、流云当作原料
放入沸腾炉
在西部有多少粗豪的日子

点火，在金属的壁垒里
我要填满东西南北运来的蜂箱
我要像蜜蜂一样辛劳地酿出这盛世红色的腔液
车间的蜂箱过于狭窄
太阳出炉时寒夜明显被挤爆

我的爱人是配电工
当我在炉膛里电光石火
她在远方的表盘里控制着情感指针的转速
当然她水灵灵的眼睛里也会突然引燃一根红丝

命运的走向，多像一炉的补丁
禁不住一场春风的浩荡

磁钢

熔炼炉里，有矿石的面孔

高温的灼烧中，有金属的骨骼

那镨钕，那铜、铁、铝、镝

在暗处烧结

抽打我体内的盐

黎明只是黑夜的一层电镀

我用我的微光，给熔炼工指路

而熔炼工不排除要用萤火之光

敲掉他体内的废铁

化为齑粉的，重新凝结

卑微啊，在倒班的路上

请给一把电与火的锤子敲打山河

充磁，地球便有了南极和北极

一块磁钢便有了最伟大的引力

母亲把故乡的老墙纳进鞋底

黄昏的阳光是一个巨大的磁的工厂

旧工装上落满了旷世的雪花

父亲如置身云端的白色药片

现在他在一根皮带机的下游咳嗽

整理肺部的破破烂烂

而一块磁钢的新科技，带来海水的跃升

明天，安宁河畔的工业园，阳光将很充足

工业园

工业园有一头狮子

这事千真万确，工业园有一头狮子

它关在哪里，我一直好奇

工业园有一头狮子

它大叫，会引发高原地震

我每天经过工业园

我每天来到车间里上班

小心翼翼地在机器的旷野上耕耘

车间主任，戴一顶安全帽

像一颗无辜的石头

在狂躁中来来回回

他有时蹑手蹑脚，有时被逼疯似的

全身带着高压电流

我盼着车间主任把内心的狮子牵出来

冶炼

骨与骨的淬炼，血与血的浇铸

在西部群山，内心万马奔腾

雨被收割成汗。脸被锤打成钢

头发里有松针，我比一棵松树更挺拔

苦难为奔赴而来，它有雷霆之怒和雷霆之威

它是隔世的仇恨和隐痛

被熔炉震慑

被风起云涌的亚洲高原震慑

被伟大而鲜红的时代震慑

劈柴要从斧头中散尽肉体

星星纵跳入海，灼灼如桃花一样迷人

让火焰拯救火焰，让火焰培育火焰，让火焰成就火焰

让火焰推动群山，让火焰掀翻体内的雷霆和海水

……让火焰回到布，皱褶而舒展的布

让布包裹着祖国新生的婴儿，回到朗朗乾坤的吹拂

人世间的升腾只有盈盈的一握

在亚洲高原，我被群山烤炙

我要将自己轰轰隆隆冶炼成一块好钢

去支撑一个美丽的梦想

即使被吹熄，我也要拍打我巍峨和浩瀚的墓碑

钢钎

到太阳的炉膛里去搅拌

有时，手心里捏着乌云；有时，手心里捏着雨滴

炉前工站在西部高原像雪峰一样挺拔，但他的脸被太阳烤红

他是简单的，在祖国广袤的冶炼车间里，他自带重量

他沉默，但有时也有高铁的呼啸与轰鸣

好钢材一样，带着自己千锤百击的硬度和韧性

起弧机

我不怕在黑夜里走路，我就怕自身的熄灭

凋落的花瓣，爱会有多大的响声

春天，绕过弧形山坡，我爱上了这横断山脉的皱褶

我爱上了这西南高原孤独的闪电

我爱上了敞开火焰的胸腔

这工业蚀骨的绽放

对一个事物深刻地迷恋

马蹄声自会飞溅出一身灿烂的桃花和铁水

春天，内心是多么寂寥

又是多么滚烫和汹涌

春天，森林那边传来火焰的呼啸

而我仅仅抱住一块石头沉入海底

我过于相信激情而放弃了辽阔

火焰之舞

一

在金属之上，有红衣女子之舞。一个，无数个
金属突然起伏如西部的山川，延展、旷大到无限

红衣女子之舞，是那么热烈、性感。就像我用一生来托起的
激情之花
可以这样说，她是我生命之舞、爱情之舞
在她的舞蹈中，灵与肉的荷花打开了，缀满星星的水珠
缠绵如雾，波涛蚀骨。红衣之舞，火焰一样翻转着的红衣之舞
地平线上，她朝阳一样，被神圣举起，被伟大所托起

红衣之舞，炉膛上的烈焰在互相追逐。我融化了，血水成为
忘我的池塘
我是说旗帜：一生仅仅是大地之上或金属之上，燃烧着的一
堆篝火的根茎

二

火焰在少女的手里劈柴

火焰如南高原之上奋力纵跳的冈峦

火焰如金属之泳扑入血液的大海

火焰之舞有瞬间的绽放更有恒久的灼痛

谁会在失重的状态下突然睁开眼睛

谁又会在黑铁的枝头，鼓荡起春风的细腰，踮起明月的足尖

人间三月，桃花吞着刀片的冷酷也吐出血气的蒸腾

仿佛翻转，用去一生，要在铁水中长一根红萝卜

人世间的倾心只有一次。桃花也只有一次成林的机会

火焰之舞是金属之舞，音乐的鞭子抽痛了桃林

在噬心的高原，她放弃了铁矿石的高光变得沉默

黎明纵火的高原要从少女的人间取回蓝天和星斗的苦胆

她的脸红扑扑，在奔赴灰烬的过程中，触着了熔盐和高原之火

三

铁水。金属的泥泞里有想象的鹤抽身而舞

阴与阳，电极的弧光在熔盐的炉膛夹住沉雷

只有炉前工是沉稳的。鼓声在他手臂的肌肉里喊了一夜

童年的眺望缓缓垂向山脊，他深入浅出的舞姿有些笨拙

在高原，他可以静静地将身体收拢为岩石

或者就在岩石上煮一炉旷世的朝霞

锯 齿

空气中爬满锯齿

我是说噪音

我是说我们之间的颤动

有一种切割的气味

我是说胸中轰鸣的积雪

我是说工业园夜空的弯曲

我是说流水线上的电光、石火

我是说来自骨头深处不眠不休的纠缠

我是说，我的一生被糊涂的爱牵扯

没有痛感，只有歉意

挺拔的雪山

野草长不出牛羊

机器声溢不出奶香

她，蓝工装，像把天扯下来

盖住挺拔的雪山

在南高原。她，下弦月一样委屈

在流水线上用星星生火

整个冬夜，风泛滥成草

风泼在天上

很多爱情会在操作中饮恨、失眠

在心脏的车间里

老响着电流的鼻息

混合着胸腔的共鸣

我的到来她不以为美

在她慢慢拧亮黎明的过程中

大地一再沉降

一朵花开了

窗台上，一朵花开了
我是说在园区的办公室
四周是钢铁，是烟囱，是电网
是生硬，是冰凉，是气味
是生猛的野兽
一朵花开，不知是喜悦还是悲伤
一只蚂蚁爬到花芯
它多少有些莽撞
很多青春谨小慎微，结果他老了
破败是叶子，在花朵打开时
会落一地的叶子
多少有些迷离
当内心的潮水涨上来又被逼退
拎着野马和帐篷，我是说
你开一次花
我一生不知是要奔波还是要停顿

脸

除非擦亮，才能洞见
工人每天清除机器上的灰尘和油污
就像每天对自己的操守提醒一次

我每天勤奋地在机台守候
每一台机器都是我在这个世界的替身
当我需要它为我出力时，它会挺身
问题是，它不会恋爱
它的情感始终冷冰冰

但它喜欢把自己扛在肩上
在黎明中，并不放弃自己的坚守
而大地醒来又睡去
车间里每一盏灯都会记住一张脸
这时间的褶痕
是我给你的，也是你给我的

皮带机

在车间与车间、物料与物料之间
你黑色的身体，像海水运送着盐粒
像黑夜运送着星斗，永不疲倦

把群山从地底里运出来
把心脏里的燧石搬上
你不熄的肩头
你岩石的肩头住着黑鹰的风暴

螺钉

一枚螺钉。拼命地钻进机器和产业
一枚螺钉。它可以小到无形
但它存在，坚实地存在

它也可以扩大
一枚螺钉从生到死
也即意味着一台机器
或一个产业从生到死

阻 止

我全力阻止我的爱

就像阻止齿轮的转动

就像阻止一座山被推平

就像剪断电线，电流被阻止

一场轰轰烈烈被阻止

然而我的阻止有限

工业园像野草一样蔓延，拱破皮肤

一条流水线总是那么耀眼，像阳光照着臀部

花朵的臀部，像你扭动闪电的光环

锈，往往是灵魂的深陷

是我几万里的奔赴和一场生与死的慢慢侵蚀

阳光透过车间，铜质的勋章灿烂而放肆

野狼牙齿一样尖锐地碰撞

倒在你怀里是正常的

躺在你怀里也是正常的

创新

亮丽的词，是工厂的眼睛

直到深夜仍很透明

机器的等高线上

总缠绕着一些困惑、陈旧和效率低下

工厂的锈迹，在人群中传递，散发着墓碑的气息，抖落它

工程师隐姓埋名多年

骨与血不得不和盘托出

工程师像一只愤世的鸟

要用一块面积最小的波浪，带起全新工业的大海

5G、芯片、智能机器人席卷而来

黎明的工厂将扔掉厌世的尘垢

一个工程师，跑到流水线上

五彩的石子一样跳入

爱情的烈焰让他在水中畅泳、沸腾

一个人的智慧可以一米一米地铺设
　·万人的智慧就有一万米的长度

工程师从水中起身
一列呼啸而来的火车正穿过黑洞
工程师慢慢摇下车窗，收走我一身盐粒

打铁

一块铁靠近另一块铁

一块铁咬住另一块铁

一块铁抱住另一块铁

一块铁锤打另一块铁

一块铁熔进另一块铁

一块铁是硬的，也是红的

工厂的河

一条喧响的河，水在灯光中流动
工人的面孔在水下面流动

皮带运输机深黑，像一口深潭
那里汇集了工厂的漩涡和手臂
被热风吹动的倒影

产品在流动中得以慢慢成形
工人像水中的石头越隐越深

现在一条河像裂开的石头，追债人刚刚来过
工厂正悻悻地急于运转
一只在河面伸着长颈的白鹅
正急于摆脱人们黝黑的喘息

铁

铁是铁器是锤子扳手
工人们弯身，在修理一台因过于劳累而趴窝的电机

铁通过工人的手指，到达了工业园的心脏部位
那里，有齿轮的咬啮，有电的疯狂
仿佛热恋，有轰鸣，但也会停下来

铁在除锈。机器卸下坏齿轮
在大工业面前，工人们修理自己，他们往往捉襟见肘
像一个荒凉的高原，遇见群星的喧哗
以此，把埋在手中的爱，一点点献出

现在，工人们在擦拭齿轮的关节
尽量清除污迹多些，直到身体内外一片透亮
直到天空是蓝的
然后，工人们在齿轮间一滴滴注入润滑油和云朵
云朵跑出十一个省，机器声开始恢复，像杂草变得平整

荧光屏里显示：工业园汗水湿人衣

我的到来是及时的
你接过锤子扳手
紧握着铁，先有温度，再有热度

风

安宁河流域的风像打了鸡血似的
吹得工业园主控室玻璃咣当咣当响

窗外的春天，是头都晃痛了的樱花、玉兰花
窗内的春天，是女工程师带电的眼眸和键盘上飞动的手指

加料机在加料，一匹匹马闯进漩涡里喘着粗气
金属液体走到下一炉，它会心脏一样鲜红或停止

高压电推着自己上高压线
矿石搬着自己在蓝天的显示屏上寻找纹路

多少有些急躁，当青春期的爱像压痛了的劈柴
推着山坡

女工程师，像一个不肯随时间下坠的人
紧紧揪住落日里快要被风吹断的地平线

流水线

克莱德曼的钢琴声浮现在水面

而他在弹奏，在流水线的琴上

他用手重击或休止符一样停下

他手拿铲子

在选厂的运矿皮带底下

不停地铲走掉落下来的矿石

日夜是黑白键

他的钢琴里流出来的是青春和汗水的奏鸣

那天，克莱德曼在钢琴里搬走了一个海

而他不小心在钢琴里留下了一截手指

樱花

红艳。像黑铁咳出的血

我是说工业园一树树樱花

我是说我习惯了废气

或者说对工业园因恨生爱

骨缝里可以跑马，白发里可以堆雪

人间正是二月天，手掌上的荒草正忙于返身变绿

而我看到一个年轻的女工，她刚好从机台上下来

用工装兜着汗迹、疲惫和星斗

她走过每一棵樱花树，都有一朵樱花会落下来

一共落了多少朵？她懒得去数

因为青春期的她刚刚被爱情路过

我是说我对工业园因爱生恨

大脑，被金属物堆垛

大脑，被金属物堆垛，比一片荒凉还更复杂些
挖掘一堆雨水，也无法掩埋野草一样疯长的机器声

他遇到了阔大，狮子般的沉雄和阔大，像时间没有尽头
一个工业的冰冷的森林
灵魂为什么比树叶还要浮荡，还要缺乏依傍
碾碎是必然的，一个自我膨胀的欲望工厂

我在一块废弃的铁皮上，拼命体验情感如何生锈
一个厌世者反穿着黑色的衣裳，不着边际
像荒凉的尘世已失去了爱

齿轮和手指

齿轮和手指

有一种背叛也叫缘分，有一种隔阂与生俱来

真实的爱情缠满绷带

真实的咬啮，从来都是疼痛

流水线的白骨里，一尾鱼怎样游动

一个自我机器的操作工要么被鱼刺刺伤

要么顶着灵魂里的大水

灯在青春里可以把自己淹死

而电可以抽出来，以一种激情的方式，在流水线上绽放

今晚，月光是天台上的单衣

情感映雪，孤独没有骨头

工业园的早晨

一滴露水惊醒清晨

一片深秋的落叶弄乱头发和白雾

一堆杂草丛生的机器声，被冷风砍断

一颗螺钉，昨天还在爱，今天就不爱

爱情一松动，他就报废，但他还咬紧牙关

他看到：

一座山岗，黛色把高耸的乳房束紧，她起身，坐在牦牛山

披上雾的纱巾，涂上太阳的口红

工业园快要日出，他的钢还挺着，已渐渐从锈中醒来

烟囱里的乌鸦

乌鸦提一桶墨汁

干什么我不清楚

现在人干事，大都不具备目的性

乌鸦提一桶墨汁

我猜测它还觉得自己不够黑

还不够有本事，还不够在大雪面前

把白说成黑，把荒唐说成命

乌鸦提一桶墨汁

我现在开始替它紧张，替它慌乱

我担心墨汁从头上泼下来，污点证人一样

我替它捏一把汗

斜坡

黄昏咬住一条蛇形小路
我是认真的，我是说我在散步

我是说，我暗示过一只麻雀，它应掠过斜坡
到更远的地方去过冬

到处都是电网和高压电线
有一根拴着面前的工厂
有一根拴着斜坡对面的玉米地
麻雀的身体来不及搬走
我是说，悲哀往往站在电线上，雨点那么多

下来，我柔软的小石头，我心脏外的一点点小意思
我宁愿你关进这条蛇形小路的笼子

电风扇

电风扇七上八下
往上走是白色的天花板
往下走是片面的

夏天，热气封死在工厂的皮肤里
电风扇可以简单到一片叶子
它落下来与不落下来都无关紧要
因为汗水从来不养闲人

车间

车间是一个堆满错误的蜂窝
蜜蜂长相乖戾
糖和盐进进出出

机器声像一大堆坏消息
瞬间飞满车间的顶蓬

举着头脑里的工蜂，撞向玻璃窗
电梯七上八下
表情踩过车间主任打滑的脸皮

按钮。红灯撞断了油漆的细腰
蜜蜂的呼吸可以简单到一文不值

许多人可以到水底活较长的时间
他一刻也不能停
翅膀弯得像拉开的弓

电锯声

白森森的牙齿在空气中闪耀，把我的躯体提到了半空

电锯声，你从前门进来，我从前门出去，我们的身体互相摩
擦过

痛苦在加重。血在身体裂开的部位比锯齿还要闪耀

像一条受惊的鱼突然离开了水，电锯声在我的四周游动

哦，我在你怀里，学会了窒息

女工

手指蜻蜓点水

在流水线上

女工们的手指是电的蛾子

是火的蜂桶

白天鹅弯下头颈在月光下的海滩啄食疲倦

劳动，只有蓬松的汗水缝补羽毛的疤痕

只有汗水的潮汐

坠成一块铅

让蛾子的外套汹涌

女工在逼仄的工装里给花朵分工

她驱动丰硕的乳房和身后暴瘦的村庄

在黎明前养活工厂的内分泌

刀子一样的高潮四起

她诠释着自己的青春痘

诠释着引擎过于美丽和高傲

星星浸在流水线上是光滑的石头

工业园从她扳断的月光中出来

有水的动感

西部的炉膛

西部高原，有火焰的炉膛

有青铜，敲打着激流的速度

有大地山川，有堆起骨头的山坡

有马灯，啃着时间裂缝里的草

有族谱，在一个行将就木人的牙缝里继续生根

有鹰，翅膀扇起音乐的篝火和篝火的余烬

有国和家的挤压

冶炼冶炼

在西部的炉膛

我昼夜梦想着点石成金

内心的喧腾无休无止，我在经受火焰的拍打和浇灌

经受青铜最蚀骨的爱和痛

那人

那人乱发蓬松在脸上拍打苍蝇

那人经常露出了下身僵硬的耻部

那人每天端一个破碗

到机关食堂的桌子上

卷走残汤剩饭那人每天提一个开水壶

到办公室讨要开水

甚至讨要报纸

那人把身影晾在主干道

那人把皱纹扇在一堆矿石上

那人红过，上过大学，有过良好的教育

有过别人羡慕的岗位

那人曾经用一把太师椅

在单身楼宿舍

借他光鲜的分头和笔挺的西装

把一身泥水从选矿车间下来的我镇住

那人精致的指甲在1994年

曾尖锐地划破窗外一个女工的口哨声

那人青春勃发

但精力稍稍有些过剩

那人对一个女人陷得太深

或者说他对矿长的女儿陷得太深

或者说他对生活陷得太深

那人在一个春天

终于从衣服里撕纸条似地走了出来

那人开始每天摇晃破破烂烂的身子骨

一念及桃花

便开始写诗

直到语无伦次进入另一个境界，无人能及

那人是我们生活中不常见的那种

遇事偏执，破事一样的偏执

"呸"那人把一大堆不屑的目光席卷了过去

那人曾是我的同事，现在已久不上班

但还是我的邻居

油漆

有一段时间，他整天忙于刷油漆

他喜爱上了刷油漆

他把油漆桶撬开、调匀

刷把蘸上油漆，刷到器具的表面

他喜欢听油漆吃在器具上的滋滋声

他在车间刷油漆，铁器较多

而铁在各种物质的浸蚀之下又极易腐烂

于是，他见铁就刷

他用砂纸、铁锉先除去铁器表面上的污物和锈

像除去身上的斑点和燥气

然后他敷上油漆，让一块锈铁脱胎换骨

他呵护着铁器，像呵护着他自己

在他眼里，一切伤害可以修复，一切过错都可以原谅

一切苦难都可以抹平

一切尖锐都是暂时的，都将被时间磨钝

一个业余油漆工，在车间里

他甚至于偏爱粉饰

他干得很专注，有时全神贯注

他努力在油漆上施展技艺

在他的想象中

一个腐朽的暮气沉沉、气息奄奄的工厂救活了

他努力地刷着油漆

油漆也在刷他，刷在他的头发上、肌肤上、衣服上、骨缝里

于是，他五彩斑斓地飞了起来，这个油漆蝴蝶五十岁了

还努力打扮着工厂彩色而鲜亮的花园，他的回报是有限的

他愿意活在徒劳和想象当中

会议材料

你说我写得太实了
我的眼中有玻璃在碎裂

我说你活得太匍匐了
你立刻从工厂中站起来拍掉身上的废纸屑

在文字中囤积，被纸割开成几等分
你普世的喉咙
有放大镜翻动，绵延几公里的雪

在众多的人中站着
你背后肯定有一根垂杨从镜子中反复被拔出
你身前肯定有一堵高墙，反过来心生幽暗

会议室的金鱼养在舌头里
你带着问题的金鱼穿墙而入，散发着不安的气息
鱼缸秘密地露在浅水里

一个企业慢慢地弓着背，像石头下压着的卵

机器声在纸上喧哗

在纸上，你写的不是诗而是热血的利润

在纸的背后，一个老工人在额头上修补旷世的裂纹

一根旧螺杆像群山一样躁动，有些逶迤，甚至有些安寂

你还在夜以继日地挖矿

你是挖矿者，我是记录者

你在大地上挖掘的深浅

往往决定我在纸上挖掘的深浅

两棵树

两个人在对方身上种树
他们各自在对方身上
先挖了一个树坑
然后移来树苗放入树坑
树坑很深
树在坑中不断延展着根须
树慢慢长大
树坑也一天天变大

两个人在对方身上种树
树像小孩一样在树坑中睡着了
等他们醒来
发现两个人的身体已经不见了

真真切切的两棵树
我看到两个人已住到对方的树冠上

真真切切的两棵树
又长成了两个不同的身体

遇见了丰收

我在秋天遇见了丰收
满工业园都是
满地都是，来路去路上都是

这风一样的自白和自由
传来了骨缝中石头的轰鸣、铁的轰鸣和头顶上白发黑发的轰鸣

逼退了夸夸其谈的叶子
阳光和丰收堆垛在一起
既斑驳又坚定，修改了大地的贫血

白雪还没有到来
它在远方的山顶抱着人世间的灰烬
而我在工业园
用劳动阻止自己的衰老

一块铁

一块铁在头顶咆哮
一块铁在东方大道上狂奔

一块铁：我在他怀里
感受到群山和大海的力量

一块铁很烫手
它来自一炉沸腾的铁水

忧伤

她，从烟囱里排放出忧伤
她，在园区一片虫蛀的树叶上堆满了疼痛

天空的星星可以很多
高原可以停下来
我想情感就是这样：
一颗铆钉一旦松动，便再也铆不紧

她电线一样缠绕，她钨丝一样烧红灯泡
她拆掉自控系统任性地让身体里的电机趴窝

她放下自己青春里的齿轮和锐气
像铅块，低垂在我高速运转着机器的工厂里

颤栗

夜晚是一堆漆黑的卵石，上面坐着她
夜晚的天空总是平白无辜
夜晚从窗户爬出来，很多不痛不痒的事来自阴影
她扇着噪音的翅膀，不翻墙，不砍树，不出格
但她的江湖气息，一直揪着树和草，揪着我的筋和骨
对于一个情感激越而有些失控的人，我不怕她弄破我的耳膜

架线工

我多次写到架线工，我多次写到三角铁

我多次岩石一样顶着他们

从身体内部上升到身体外部

从手臂上升到云层

他的硬核

被阳光的刻刀从古铜色的雕像中领回来

一些细节，需要安全绳慢慢系好

一些孤独需要一根电线从这头跨到那头

刚好跃过

咆哮的金沙江、雅砻江、安宁河

一些森林敲响雨滴

每年都有鸟穿过人群

与白云为邻

他用一节电线移动天空

每细微的一步

都有可能电闪雷鸣

手掌里

也会潜藏伤口一样的干裂

领着一个盒饭

等待雪慢慢盖下来

西部

一名仪表工在检测仪表
一名仪表工背着检测仪，在巡视

有室内也有室外
闪电正急于焊接天空的裂纹
而暴雨一想到冒险，就拼命往山下跑

只有她藏在水里
只有她如表盘在精细地记录
时序和四季的更替

她拆开天空的盖子，看星星摇荡
她旋开大地的螺钉，看江河的指向

一块黑铁奔向炽热的高处
或者悄悄地收回自己的高光
让高原电工刀一样谦卑、深垂

电

清纯或浑浊

锋利或愚钝

快与慢，光与暗

像道路两边盲目的人群

群山有悲悯之心

那架高的电线

把激流引向天空

点亮星河

同样，电线也会

深垂到自己的

郁暗的屋檐下

用熬红的乌丝

打开手掌里的轰鸣

抑郁是可以成诗的

抽屉里的文字刷在一张白纸的脸上
有些过敏
墙上的广告揉皱着我青春时代的抑郁

一根铁轨的头发丝兑换一群麻雀的煤屑
拾荒的时间在玻璃里破碎地镶嵌

南来的北往的星群
绝不一个人涌向悲伤的岸滩

此刻，他从工厂一个废物间出来
思想是混乱的，他从无到有地站在哪里

很多年后，他站过的地方
一群麻雀，恢复了他从有到无的平静

石棉花

三月的蒸腾泼进火炉

她绽开了一朵硕大的石棉花

她旧时有恨，现时非常眷念

一逢春天，热血就在枝头爆炸

送葬一个人

为了他，她猩红了自己的魔咒

为了他，她变成了时间的齑粉

她是一个时代的赶赴。一半在地里，一半在地面

她清扫掉了身体里的乌云和头顶上的积雪

为了他，她纵身跳入火海冶炼

为了他，她反而点石成金

从火焰和海水中抽身出来，在人间光芒万丈

月光

白铁皮上有过时的湖泊，小雨点会停在那里
机器声，像热风吹乱的叶子
他感觉到，只有叶子更乱
工业园才更有朝气

现在，车间的灯光淹没在一片水气中
而月光暂时被云朵闲置
像空空的车间，现在他被爱情所阻止
提着沉重的石头
在泪水的机台里，轰鸣

你是我的全部，当我裸身而来
胸腔里装有一万吨的废气和尘土

老孔

这些天老孔像一块边角料

在车间门口晒太阳剥指甲抽旱烟

张嘴说话时他的牙像漏风的铲斗语焉不详

现在他的嘴抿着

像两块上了铆钉的钢板

老虎钳、钢钎都撬不开

四十年了他一直在链条和齿轮间

看流水线是一条好看的辫子

四十年前一个女子她的脸孔雀石一样好看

她的身子像水流出皮管一样动人

这女子像鸽子在车间里飞来飞去

她的胸脯好高好高像西部的雪山

她的腿好长好长像安宁河

这样一个好女子大家都喜欢得好伤心

后来出了车间说飞就飞了

飞了流水线上的机器老出故障

小兰每天很早就在宿舍门口学外语

结果驯服了小李段长和如牛的加拿大机器

钉对钉，铆对铆

大家说笑时，小兰从一堆图纸和零件中钻出来

满脸满头都是机油，做鬼脸

说今天免费享用了护肤霜、洗面奶

大家哄堂大笑

机器响了，技术员小兰递给每人一张请柬

送到老孔的机器边特嗲声嗲气地

叫了一声老孔师傅

孔师傅确是老了

头发花白眼睛暗淡手指颤抖

他那台选矿机也经常发出老苏联的哮喘

小李段长捧着退休通知书像捧着勋章毕恭毕敬地

递给老孔师傅

老孔师傅的脸青一阵红一阵了好一会儿

他感觉到他一生就像一块用坏了的落后的表盘

确实需要更换成新的显示器

熔炉

冲出体内的铁水
让山峦普照金光

这放肆的人间，这火焰的博物馆
要承认还有黑暗堆垒的围墙——

搅拌铁矿石、骨头、山崖、白马、机车和愤世的云朵
让心脏在西部的血泊中狂奔一场

我所仰望的星空
让狭小的胸腔
无限宽广

群峰一点燃
理想就可以不顾一切

一个无法返回刀鞘的天空显现出孤单

铁是小雨点，是金属的一次从里到外的大扫除

电，让南高原充血
尘埃之上，我所仰望的
只不过是一次流星划过天空的机会

扳手

没有被汗水烘热的不是扳手
没有涂满机油的不是扳手
没有被螺帽磕掉牙齿的不是扳手
没有被酸碱泡烂身子的不是扳手

不肯钻铁笼子的不是扳手
不肯下臭水沟的不是扳手

不肯沉到漆黑水底中去的不是扳手
不肯在烟气中呛着的不是扳手
不肯站在铁塔之上荡秋千的不是扳手
不肯缩在炉膛中火中取栗的不是扳手

不敢硬碰硬的不是扳手
不敢在工具箱里佝偻着躺平的不是扳手

金属车间

从金属车间不时传来钢铁的声音

像钢梁砸向钢梁

像汽锤重击着铁板

一个人只有经过内部的撞击

才能带来外部的旷大

金属车间有时候也不传出钢铁的声音

像不远的安宁河干了

鹅卵石和鹅卵石没有了磕碰

老王和小李

抽着烟坐在车间的河床

他们的车床，像一个萝卜一个坑

他们坐在各自的沙坑里

没有订单，像酸洗过的铁

在身体上有过激的反应

但最后会雨点一样在高原上坍塌、失踪

仿佛闷雷要在铁板上做记号
仿佛夏天要撕开天空中的钢板

仿佛群山要拔掉沙坑里奔跑的脚趾头
落日因焚烧而活着，湖泊因抽走漩涡而清醒
在工业园，一位女工程师
黄昏破碎而审慎地站在中控室的窗前
任凭车间的金属响起声音的耳环

格桑花

工业园区有很多格桑花
把你的脸转过来让我摸一摸

薄而轻，被冬天托起来
环绕着车间的是吸着云朵的积水

身躯娇小，还不能扣紧高原蓝的工装
风的焊枪，被细雪的手握紧
在高原的婚房制造一次弧光的热恋

星星用路灯的乳房去喂养焦渴的窗户
而它每片花瓣都是爱情熔炉里昂扬的纸鹤
有铁水一样的欢快
也有废熔岩一样的痉挛和焦躁

冶炼分离线

在冶炼分离线
反应釜、萃取槽、管道、离心机
料液在其中，当行则行，当止则止
就像女工体内永世的河流，不泛滥
但充满着漩涡，很迷离
总有坚硬的盐被悄悄地淅出

萃取槽的三角皮带带动着小小的搅拌机
不停地搅动工业园区的心脏
萃取工在中控室——抄写着各种工艺数据
她在键盘中不断调整着生产参数
就像一个钢琴师在反复调整肺热和音阶

我突然感到了彻骨的痛
齿尖上闪烁的酸与碱，这工业的锯片
像时间的骨缝做过失败的手术
丢下一堆零零散散的铁钉

冶分线有点像星月犁过的旷野

充满了不确定的消逝和新生

流水线

电的喧哗

机器像琴声的一个硬件

在劳动的泥塘里越陷越深

深到一只白鹭的飞翔

我是说操作工小林

她的手臂在五线谱第几个音节

暗自发光

自己给自己的产品

一小块磁钢安上马达

然后检测子夜爱情的转速

青春期的小林在流水线上

翻涌的情感自有扑鼻的清香

她在池塘里清点着白色的鞋子

她在光的另一面领回月亮的安寂

而流水不腐

现在她正在水的深处打捞汗的盐

或者把水泼入火的蒸腾

人一幸福，便什么都拦不住

吊臂

工业区，物件升升降降
有一点不肯歇下来的意思

长臂伸展
这芦苇踮起脚用舌头去舔蓝天云朵

跪下来的时候
他会把断臂放进集装箱
然后在天空中捅一个小洞
让芦苇很冷静地穿过一张脸

热爱

工作在顶篷之上

生活在顶篷之下

我热爱

脚手架上建筑的节节攀升

面条一样工人的热气腾腾

我热爱

工业区在建的厂房

混凝土起早贪黑

仿佛石头也忘记了自己是石头

和碎石机一起

在安宁河的右岸

放到炉子里烧

加入成排长高的桉树

而一条牛

在安宁河的左岸

饮水

流水线是一棵植物

植物惹相思

在工业园，所有的植物都是有形的

站成一排或坐在某个角落

就像流水线

在设备设施的主干里

长着声音的叶子

盛开灯光的花瓣

有主控员小胖，笨手笨脚

在中心控制室

每天都盯着报表数据

一会儿往上爬一会儿又胆战心惊地跌下来

有电工小朵，用红黄蓝三种颜色的电线

在工业的表情上反复缠绕

外表一平静，内心就跌宕

犹如从西部群山中抽出一条小河

洗净自己激越的油污和锈蚀

形体依旧清澈

托起自己乳房乖巧的果实

在巡检工放肆的眼中低垂

红着脸，像血液里浓缩的灯光

把青春一再辜负

工业园的植物，秋天红着脸

马达

这机器的心脏也是工业的心脏
它旋转，流水线便马不停蹄
它停下来，肯定会让一个工厂失眠

野草一样的噪音茂盛地生长在南高原
爱情远胜于齿轮的咬啮，滚烫而热烈
麻雀不请自来，这世界，热闹远胜于荒凉

有些马达不为人知
有些马达十分惹眼
有些马达，能带动一火车的云朵
有些马达，让指针在表盘中秘密地转向
有些马达，让机械臂远超过手臂
在流水线上狂欢

有些马达带动大脑运动
有些马达推动地球自转和公转

但马达从不接受废铁的赞美

铆钉

在工厂，你细小，不太起眼

你顶着安全帽

挺着金属的骨头

在需要的时候

总是忘记自己被锤击

朝着既定的目标一往无前

你一头扎进轰鸣的车间

扎进铁板、铝板、塑胶板

扎进粉尘、汗迹、倒班

最简单的进入也是最生动的进入

你以你的赤裸、担当和牺牲

让磨损的岁月不断换新

让松动的感情一次次紧固

有一种信念在相互咬啮

有一种力量在相互叠加

有一种呼吸在相互靠近

当衬板铆住衬板

当套头铆住套筒

当三角铁铆住机械的基座

当链条铆住输送线

当操作工铆住显示屏

当蓝天铆住西部高原

铁锤叮叮为了铆住

火花四溅为了铆住

水滴石穿为了铆住

斗转星移为了铆住

铆住　　江西的云朵

贴紧四川的云朵

我的一生

早已像铆钉失陷于你

第三辑
树长得很慢

我要散尽自己的体温
一如荒凉
我要泼掉冷冷的胴体和月光
一如忧伤

铁

被锤打是命
总要从身体里移出多余的部分

你无限地缩小
小到生无可恋，就像泥土拆散成尘埃

你同样在无限地扩大
大到物我两忘，就像铁在堆高的铁塔中消失

哪一锤是最致命的一击？眼球砸向眼眶，流星奔散四野
而你的头顶还活跃着一群不肯熄灭的山峰

祖国

脑袋和黑暗叙旧

血泊里，有火焰硝烟

清醒的时刻，就熔炼一炉祖国

有生的悲怆尽收眼底

大锤低下身子

再低就触及西部的山梁

祖国

我敲骨碎身只因为你

我正用一万炉铁水换你一寸钢

钢铁

钢铁，沉沉的钢铁，黑夜如锈迹的钢铁

在黎明的炉膛中，溅出满天繁星

钢铁，在西部爬坡过坎，在大地的骨缝中轰鸣着穿越

在祖国的南北东西匍匐和横贯

钢铁，在锤击中，我昂起祖国多难的头颅

我也有我的隐忍

我的向日葵里包裹着昆仑山沉重的瓜籽

在黑中暂时收敛住白

沉得下心来就是刚毅，忍受得住疼痛就是刀锋

苦难即奔赴，马蹄声放大了马兰

一块石头

黎明即起

在空中堆垒着，西部的雪崩

火焰与海水，有一种唤醒群山的力量

火焰与海水，让人脱胎换骨

血泊，是一种钢铁
只有旗帜才能丈量天空

一根钢筋，在板结的水泥围裹中挺进
一枚螺钉，在时代的机器里搏杀

劳动是铁，铁流滚滚
奔马是铁，铁水奔腾

铁胸怀高冈
铁轰鸣着世纪的钟声

分析

攀枝花

每次到攀枝花

都会把杨雪冬或温馨

当作攀枝花

杨雪冬是东区文联主席

温馨是攀钢一个电焊工诗人

经常是杨雪冬坐左边

温馨坐右边

或温馨坐左边

杨雪冬坐右边

有一次杨雪冬的母亲坐在对面

夜已经很深了

文联主席的母亲回到年轻时的钢厂

电焊工诗人却被钢铁围着

焊花飞溅

好钢

好钢来源于好的矿石

好钢自带重量和硬度

好钢来自粉身碎骨

好钢来自血与火的淬炼

好钢来自被反复锤打和锻压

用身体的延展来证明自己的韧性

用满身的伤口来证明自己的坚定

好钢打一把镰刀

中国农业就有收割的胸口

好钢铸一组齿轮

中国工业就有高速转动的心脏

好钢拼成巨大的甲板

世界便在身体之下风平浪静

好钢轧成长长的钢轨

时代便在身体之上风驰电掣

好钢焊成高高的发射架

祖国便在身体之外的宇宙射电飞行

钉子

进去，出来

又进去

钉子的使命是楔入

在没有缝隙的地方

在两块铁板之间

它的锐利优于常人

总能找到自己的入口

总能在别人的身体里游刃有余

很多人认为自己做事滴水不漏

认为自己圆融的如铁铸般

找不到任何空隙

但对钉子来说

只要它愿意

就能瓦解密不透风的墙

和击穿任何坚硬的物体

我在流水线上分拣钉子

大大小小的钉子

我对钉子有信心

树长得很慢

树长得很慢

瞌睡一样慢

公交车十年了

只开走了前面一节

后面的一节

还在原地吃力地爬行

等着养老金

像等着晦暗的生活发亮的部分

我该起身了

仿佛蜗牛久久不变的生活

我这样描述妻

一支磨损的口红，一颗剥掉外衣的洋葱
一只掉在洗衣板上的头发夹
一个在菜市场涂满猪油的竹篮子
一个扔在高档商店门口的蛇皮壳袋

一颗被车间甩出来的断了手指的螺帽
一个黑色的煤球在街道上盲目地滚动马蜂窝

一本书里剔出的错别字
盖满翻阅者周密的指印
一个磨掉漆的扶手和椅子
纠葛着陈年的瞌睡虫

一只麂皮手套，里面刚刚灌满肉松
一块洗碗的海绵重如秤砣

一门心思掖进衣角，阳光省略了很多细节
因此一面钟疲惫地推开被褥

民工

民工在扛水泥
水泥 100 斤一包
我数了一下
民工一天扛了 200 包

民工把毒日头扛在肩上
民工把 40 ℃ 高温扛在肩上
民工把包工头的辱骂扛在肩上
民工把儿子的书本扛在肩上
民工把妻子的胭脂花粉扛在肩上

民工一天的生活
有 2 万斤重啊
民工在脚手架上闪了一下腰

火车究竟开到哪里

火车开起来
像一条长龙
火车一节一节向前移

它开始上坡了
它开始发火了
头上冒一阵又一阵黑烟

接着它开始下坡了
它溜得比谁都快
一阵风一样

火车究竟要开到哪里
铁轨把火车扛在肩上
它用弯道不断改变火车的方向

深夜

妻子在被子外露出她白皙的腿
朋友，你看过破土的春笋吗
格外年轻，被子成了剥出来的笋壳

笋壳堆着，一个人在深夜藏起面孔
让一条腿和外面联系
像邮寄出的信函
我收到时
春笋已变为情感馥郁的竹林了

春天，在远离妻子的地方
思念是白而嫩的
笋尖，时常让我把一串热泪
露在被子外面

钟声

钟声照亮了黑暗的花梗

和一部分空气

钟声像煤块把地面上的痰迹吸走

还有一部分阴影

腐败的花梗，少女提前具备了黑铁的特征

在黑铁中分离，像盲者，放空眼睛中的飞鸟

一起落下一起飞动，在天空

像一场密谋已久的雪

钟声照亮了一场大雪

这潜藏已久的火焰，在虚拟的空气里

用刀片的喧哗搅动一部分阴影

和一首诗

一个少女穿过大雪，必然以爱以死亡来命名

旧机器

他是创造力的山峰
一度是
朝阳的车间，长臂展现了
骨与肉的力与美，而压力
相对于一个螺钉，要么铆紧，要么穿透

三角皮带，服从于机电的动力
密封的变速箱，齿轮手挽着手
黑暗里，谁都渴望像恒星一样
带着光芒运行

他的汗迹延伸了青春的荷尔蒙
他的燃烧是一根火柴和另一根火柴在交换火焰
他的轰鸣撬动着西部群山下沉的瘦瘠

直到老年，罪恶一样
扭断体内的螺杆，他的心脏经常趴窝和衰歇

皱纹成了脸上无法焊接的裂缝

他不再孔武有力的手

幕布一样低垂

一堆旧机器

身体上的腐烂不叫腐烂

身体上的锈也不能叫不堪

身体上的油污那不是肮脏

身体上的绷带……啊，绷带

白云覆盖远山，有无休无止的美

在生活区休息的一个小时

打着呵欠，在兰花的根部坐了一个多小时

身体是一片叶也好，一丛叶也好，反正可以自由地绿或者自由地想些事

像一柄小花锄靠在墙上可以毫无来由地长成兰花

当然，我也可以毫无来由地挨着坐一个多小时

闭上眼睛

听阳光在身体里洗掉多余的山坡，一心一意地

比眼泪还要密集地落在弹奏里：音乐比种子还要急迫地在泥土中

胀破衰朽了的根和茎，反正要像兰花一样

有自己舒爽和旷逸的身体

下午两点

下午两点，我遭到几只苍蝇的袭击

我本来想小睡一会儿，我又遭到雨滴的袭击

下午两点，一辆小车开了过去，我不知道它响了喇叭没有

它路过一辆自行车，瞪了自行车一眼

下午两点，正是上班的高峰期

一辆班车快速地驶来，大家犹豫了一下

盲目地挤上了车，又盲目地挤了下来

下午两点，街路上一个女人举着伞不慌不忙

但被一口水洼拦住，她高跟鞋掠过一片小小的失望

但很快恢复过来，因为一辆出租车及时停住

下午两点，对面一幢楼已建到五十二层

一个泥瓦匠正忙着调水泥，一场雨要冲走他的水泥

他的叫声有点急，但他没有停止手中的工作

而是意外地将一场雨和进了水泥中

他从不管建筑的墙壁砌进去一场雨的喧哗会带到若干年后

下午两点，大家仍各自忙着自己的事情

而雨像苍蝇一样只阻止了他们一小会儿

隆冬

隆冬时节
雪成了大地很厚的棉袄

几只乌鸦在棉袄上踩来踩去
像泪滴躲不到棉袄里

他便飞向不远工厂的大烟囱
一个露在棉袄外面的溃疡的手指

冻折

树枝冻折了腰身
鸟冻折了弧度
长跑者冻折了队形

工匠冻折了墙上入世的钉子
音乐冻折了华彩的枝形吊灯

建筑冻折了上蹿下跳的电梯
爱情冻折了浆洗好的帆布纸

口袋里的零钱冻折了某个阳光丰沛的上午
她抹的指甲香冻折了一首抒情诗的长句

想象你的卧室

想象你的卧室
被花布围起
想象你的卧室
一盆直透心脾的兰草

想象你的卧室
一把吉他很多人弹过
却没有一个人真正地碰过
想象你的卧室
一台电脑
有时你伤感的懒得理它

想象你的卧室
你把自己的身体空洞地掼在床上
你永远不知道
有一个人曾偷偷地揭开过

铁管

一根铁管，可以输送铁水

也可以输送星光，和父亲的隐疾

一根铁管，在车间横贯

满腔的热血任意地奔涌

好日子坏日子也可能被生活堵住、被铁锈锈住

被水龙头拧住、被积雨云拦住

尘土是一个人的高原，阳光往往透不进来

逼仄的体内有积郁的声音，有劳动善意的喘息

一根铁管也会低头、弯腰、盘绕

它见证了父亲，一个管道工

一生的匍匐、迂回和曲折

在自己的铁管里蛰伏

有时也会用力过猛

像你扶着父亲，弯身穿过铁管

你无法控制

体内的喧哗，在车间

你有着群山的沸腾

11 月 10 日，工业园

牦牛山
积雪浮上云端

冕宁
一条雪水蹚开一条道路

安宁河在工业园打了一个死结
爱情不到冰冻期，不肯豆荚一样裂开

我在一滴血里找到了亲爱的芦苇
她还没有褪尽内心的辽阔
阳光和铜自有咬人的味道

她往回忆的河道里拼命打进木楔
她的手指把夜晚叫过来
11 月 10 日的夜晚木屑飞溅
如果你遇见浆果在微弱地轰鸣

一双慌乱的手便离不开灌木丛

工业园显得空寂
在月亮下面群山呈颓势，但仍马匹一样站立
遇见了沸腾
就一直往内心狂奔
河流一样带着群山狂奔

月亮的纸杯里，我开始做梦
山下的马匹让我明白要接近河流
只有整夜整夜驮着她
并在大地上扬起尘土

11 月 10 日的夜晚
早开的索玛花枕着牦牛山月
安宁河在波光粼粼里老去
沉重的液体擦过身体宽阔而皱褶的河床

而工业园，有一棵芦苇
和她浮荡的青春
多年后仍会倒映在我隔岸的灯火里

角铁

角铁干重体力活

经常顶着皮带托辊

经常举着脚手架

经常站成架线的铁塔

或者，趴着成为房子或桥的横梁

角铁是中国最基层的产业工人

一身是铁，但也经常去触碰钢

挺得笔直像一棵树

或弯下身子像一棵草

但他因被踩踏而更挺拔

因背负青天而更伟岸

角铁有角，但不锋利

只是很坚韧

只是很敦厚

在工业、工地上散开身体

有时肩并肩

只是为了阻止一场命运坍塌

有时手挽手

只是为了挡住一场意外的风暴

角铁有角铁的使命

他总站在事物的身后

像一座山一样沉默

成为一个人或一个时代的依傍

角铁简单、耿直

不会像机器一样心眼多

有时，也会被任意地堆在工厂或工地一角的草丛里

听锈慢慢围上来，变成废铁

角铁不是钢

身体不会轻易出现裂纹

更不会因弯腰而折断

惊蛰

虫鸣的速度

在办公室的窗台上长了几棵草

春天来到是肯定的

土丘的下面有一排厂房

那里的花朵刚刚通上电

轰鸣声来自一个绿色按钮

一只白鹭的手指

按了一块已返青的田野一下

几口水田，便一阵又一阵鼓响雨点的掌声

返城的民工像突突的拖拉机

在安宁河沿岸咕噪

我的流水线其实就是这安宁河的流水

它生产着这咆哮的石头

和两岸的春风

焦躁

秋天草木枯
焦躁，是性格出血了
刚好，厂里来了一辆献血车
他，一个献血的人
先是来自内部的挤压
后是被外部猛烈地抽干
像一根草
已是下午四点多了
他正走向身体的陡坡
接下来，他来到身体的后面
把身体平放了下来

小酒馆

白炽灯光钻心蚀骨
工人们的青虫正在菜谱里扑簌簌地落下

复兴镇兴隆酒馆里，几杯下去
我们指鹿为马
不远，工业园的厂房正梦见甘蔗拔节
含着甜味，遍地成长

我们鸡鸣一样奋不顾身地
为一堆杂碎小事争执
或者抱着夕阳的鸡蛋扇着翅膀忘乎所以

而工业园正在酒精的燃烧中
机器声像一堆活火，正煮着一场西部的盛宴

唉，我们所谈论的事，一出口就忘却
像不远拼命发着脾气的工厂里的烟囱
我们命定回不到以前的静默

孤独

孤独是草生的
我解释不了，生命的目的性
我一怀着碎石，一座山就荒废
一个人就落草
一片树林就心生幽暗
我简单至极，粗暴而果敢
一出门就扭断了
四肢里横生的枝节

芯片

无限地大

又无限地小

这工业沙地上深埋的胡萝卜

这物联网淤泥里拱出来的莲藕

春天，我们无限亏欠圆月

冬天，白色的风电

在山海中乱转

想你时

有无数的集成电路安于胸中

群山移动

郁暗了许久

才把所有的光

收集于一块晶片的坦途中

速度，只是一束放大了的返乡的根须

每个人都有

程序员

卫片里，从月球看地球
她担心海水翻涌
大鲸溢出水杯
尖叫如粼光从座椅上跌落

贫穷限制了想象，她想不出月壤
能从贫穷的界面呼啸着滑出去

她的感觉像一条鱼
在犹疑的海平面上
瞪着鲸的大眼，怀藏人类小小计谋的
水果刀，切开月亮和地球

孤独异常空旷，仰着地球苹果的脸

问天

云朵之外有星河
星河之外，有无限的蔚蓝
像山坡之上堆满的野花，问天
一个人的山岗堆满了旷世

问天，一个人的星河在头顶旋转
夸父逐日、女娲补天、后羿射日、嫦娥奔月
面对天宇，远古有远古的勇气
一个民族的经历和承受：光
让一大片黑暗和死亡坍塌
还包括一堵厚厚的穿不透的高墙

问天，浑天仪、日晷
天眼工程、探月工程、问天空间站
尘埃与火焰在逼视和烧灼
我们就这样从古到今
一步步轰鸣着靠近天体

我们迈步在新的星球上，打量苍茫和空寂

我们搜寻着宇宙深处的声音
一条河能否把历朝历代遣返
嫦娥五号实现了奔月，采回了月壤月岩
天宫空间站，我国航天员又在问天仓里
手指交缠，相互分赠荣誉，像神的孩子
想喊，想剥开尘世的灰土
想握着流星去承担卑微而广袤的命运

诗　评

灵魂和金属一起，脱胎换骨

"岩石内部的胸腔早已幻化成燃烧的海水"，"让金属
的骨头火焰一样狂长"，"马背上的西部要指向峰顶"……

　　此汪峰非彼汪峰，但诗人汪峰的这些诗句却"光芒闪闪"，同
样散发着摇滚乐般的狂野，他自己也不无自豪地说"灵魂假如有，
我则觉得它是金属"。读《工业园》里的几首诗，确如"飞鸟衔
着久远的雷声"滑过心头，有一瞬间似乎自己的灵魂也渴望被铸
成金属质地。汪峰的这几首诗体现出一种昂扬、奋发的艺术感染
力，这或许来自催生《工业园》的安宁河大裂谷，那是和常见的
城市、乡村绝不相类的自然环境；或许来自散落在他诗行当中的
那些"激活""激越""滚烫""狂躁"的词汇，那是水电工人们"从
虚词到实词，从图纸到车间"建设工业园的心灵鼓点；或许还因
为当许多人还在彷徨、孤独中浅吟低唱时，汪峰和他的工友们却
仍笃定坚守改变贫穷的理想信念。

　　半个多世纪以来，人们一直把工业现代化奉为工作、奋斗的

目标，人们一度认为高耸的烟囱象征着欣欣向荣，隆隆的轰鸣意味着蒸蒸日上，工厂、工人实际上已经成为承载着特殊情感和意义的文化符号。但自 20 世纪末，伴随着国家宏观布局和产业结构的调整，许多厂矿企业陆续迁出市区，或主动或被动，许多人纷纷从产业工人群体中脱离出来。那种失落和阵痛当然不只是因为不得不"共享艰难"，还在于作为工人的荣誉感、自豪感也被一同缴械，还在于作为社会中坚力量的方位感、使命感倏然消散。在深刻的转型过程中，金融、娱乐、服务、科教逐渐填充进城市，人们离挥汗如雨的体力劳动越来越远，"后工业社会"的草稿则越画越清晰、越描越具体。面对抒发什么、讴歌什么的诘问，连诗歌的光辉也随着人们精神焦点的趋同而渐趋暗淡。在这样的背景下，汪峰重新"紧扣工业时代的皮带"，而且不光是汪峰，还有马飚、彭志强、马行、龙小龙，顺着工业题材的线索，这份名单还可以继续开列下去。也无怪乎在一些诗人和批评家看来，所谓"新工业诗歌"的桅杆似乎已遥遥在望。

而在我看来，汪峰等的意义不仅仅在于把某一种题材重新带回到人们的视野中来。新世纪诗歌当然并不都是以城市为背景，但即便是那些描绘乡村、构建精神原乡的作品大多也隐含着一重城乡对比的视角。人们已然不再热衷于赞美城市的发达和现代，而是常常把城市文明及其无可抵挡的扩张视为精致的牢笼，令人无可遁逃。而《工业园》这样的作品却在城乡之外独辟蹊径，汪峰把人们的视野引向了"牦牛山、大凉山陡峭的山崖"，当不少诗人还在城市和乡村之间往复徘徊的时候，汪峰却要"回到安宁河、雅砻江、金沙江"（《电》）。这不是风景名胜，也不是猎奇览胜，而是危机四伏。《马背上的西部》里，个小的建昌马在"悬崖或峰顶"之间"一个转身又一个转身"，惊心动魄之处莫过于"偶尔也有马跌落山崖"，生性适应山路的牲畜置身其间尚且如此危险，更何况是人？这蛮荒而又恶劣的峡谷、山野、江川、高原和群峰在近些年诗歌创作中是不多见的。受"风景学"研究的启示，风景与心灵其实是相互映发的。按照柄谷行人的说法，"风景乃是被无视'外部'的人发现的"（《日本近代文学的起源》），其实是由对外界不关心的人发现的。这个说法有些绕，但是《马背上的西部》却提供了一个比较典型的案例。为什么诗人会把牲口"一个转身又一个转身""偶尔也有马跌落山崖"的场景写入诗行，真正难忘的想必更是他当时的心境，那种翻山越岭时的艰难和恐惧，与在悬崖上成功架设铁塔的喜悦。我甚至觉得马儿在生死之间一次次转身简直近乎汪峰和工友们施工过程中的特殊仪式。其实仔细读《工业园》不难注意到，作品里使用了大量的叠词叠句，比如《冶炼》中的"炉前工……"和"光芒闪闪"，比如《马背上的西部》中"马背上的……"，比如《锯齿》中的"我是说……"。在苍茫、险峻的山岭、沟壑间，这种有意为之的重复宛如庄重的呼告。而且，作品里还散落着许多炙热的"闪光点"，比如"燃烧""高温""火焰""炼炉""电光"以及"石火"，在它们的烘托下，整首诗显得"闪耀"而又"滚烫"。听觉、视觉和想象的触觉，这些感觉综合在一起营造了非常生动的在场感，也使得诗人的抒情笼罩着一层独特的仪式感，这种感受恐怕也是诗人心中难以忘怀的独特"风景"。在作品里，工人们与其说是在工作，倒不如说是在完成某种神圣的仪式——"勺下了熔盐／在炼炉里起身""一块块三角铁在悬崖或峰顶上站了起来"，诗人并没有具体地去描摹工人劳作的场景，而是进行了高度的艺术抽象化。《工业园》里的车间主任看起来狂躁而又急切，仿佛是一头莽撞的狮子，但诗人并不是要批评、丑化车间主任。事实上，把《工业园》和《电》《锯齿》放在一起或许更容易理解，车间主任内心的狮子同那"电的激流"及《锯齿》里诸多精彩的类比都完全是同构的，那是土地也为之发颤的躁动，是空气也为之轰鸣的渴望，是"青春在流水线的音诗舞中释放出""荷尔蒙"的快感，是对"正尝试着改变"贫穷的企盼，是对自己所投身建设的工业园那"来自骨头深处不眠不休"的热爱。汪峰的诗行里其实有不少政治抒情诗常用的形容词，它们和作品中的自然环境以及丰富的感觉搭配在一起相得益彰。所以汪峰等的可圈可点之处恐怕并不在于活化了某一种题材，而仍然是在于方法和立场。在一个创作谈里，汪峰一再谈到灵魂问题，他说他"想在个人诗史上铸上金属的灵魂"。"后工业社会"下，那种为事业而非工作、为生命而非生活，像狮子一样忘我打拼的自豪感、荣耀感、成就感也许更是诗歌和时代所久违的。

高原矿山的诗歌喉结

——读汪峰组诗《在高原种石头的人》

范剑鸣

高原般滞重的物象，绕指柔一样轻灵的修辞，宽阔的背景中人类尖锐的生存场景，磅礴的矿山上淬炼的高迈心绪……当我读到汪峰的组诗《在高原种石头的人》，我确认自己看到一个突起的诗歌喉结：它是沉雄的，清晰的，及物的，激越的，也是现代的。在远离故乡的地方找到了诗歌的故乡，让我想起他早年诗集《写在宗谱上》上的自序："我无论走得多远，根始终在一个地方：在汉文化之中，在故土和人民之中。"汪峰最终把自己插进了高原的矿山，沉着地竖起全新的诗歌地标。

曾经，汪峰这组诗被标识为"工业园"，纳入工业诗歌的范畴。但通读他的三十余首诗歌就能发现，他在经略一种更加宽阔的从而更加独特的诗歌地理。从它的地域特征看，不是工业园诗，也不是矿山诗，不是西部诗，也不是高原诗，而是这所有的大融合——一座"现代化的高原矿山"，就像现实客体自身一样展示着狂野和厚朴、粗粝与精微。"我的工业园，位于祖国的西南冕宁县，这里因出产轻稀土矿而被国人所熟知。工业园位于 108 国道边上的复兴镇白土村。工业园还和千百年奔腾不息的安宁河为邻。站在工业园的山坡上，可以感受到横断山脉大雪山余脉的相岭山、大凉山和牦牛山系中间的安宁河大裂谷给视觉带来的震撼。"（汪峰《我的工业园》）。不难发现，诗人在长达十年的高原移居中，已充分注意到安身之所的独特性。

这种现代化的工业产物，融合了采矿、选矿、冶炼、深加工等全景式的生产线，为诗歌写作提供了更为宽阔的生活背景。从山野的采矿到火热的炉膛，从室外的大矿场到车间的流水线，如果以诗歌的情怀来观察这座高原矿山，会有众多的文本来对应眼前的事物。在矿山上可以看到陈年喜的《炸裂志》？在工业园可以看到郑小琼的《黄麻岭》？在高原上可以看到杨牧的《大西北，是雄性的》？在群山中可以看到于坚《南高原》？但汪峰更清楚地知道，如果把这座现代化的高原矿山分解切割，固然能形成一些局部的人文对应，但既有的审美经验也容易束缚他开阔奔放的诗情。他于是看到了融合，发现了"现代化高原矿山"本身值得作为一种全新的审美客体，值得将其塑造成一个富有现代气息的诗歌喉结。"在农业的土地上诞生了工业，诞生了让泥土发颤的工业"，就像人类技术手段的进程，汪峰在诗歌中呈现了这种农业本色与工业新质、大地品质与工矿气息混融的人文风貌。

在《挺拔的雪山》，这种风貌给人带来新鲜的阅读体验。这是诗人对高原的忏悔和敬颂。在"野草长不出牛羊，机器声溢不出奶香"的高原矿山，诗人对独特的地域风貌进行了深度拟人化，高原矿山与蓝工装女工进行了互喻，"她，蓝工装，像把天扯下来，盖住挺拔的雪山。"蓝天盖住雪山，就像女工以蓝工服掩盖身体，成为工业的棋子。"在南高原。她，下弦月一样委屈。在流水线上用星星生火。/ 整个冬夜，风泛滥成草。风泼在天上。/ 很多爱情会在操作中饮恨、失眠。/ 在心脏的车间里，老响着电流的鼻息，混合着胸腔的共鸣。/ 我的到来她不以为美，在她慢慢拧亮黎明的过程中，大地一再沉降。"高原雪山，像神一样关注着人间发生的变化，"我的到来她不以为美"，但她仍然耐心地"拧亮黎明"。这首短诗，为高原矿山带来新异的视角，呈现诗歌史上从未有过的审美经验。当我们在一座座矿山前低下痛苦的头颅，习惯于为大自然的巨大伤痛悲吟，汪峰却把工业的背景放得更大，从而稀释了工业文明中常有的负面情绪。

把工矿生产的背景放大，所以汪峰仍保留了高原诗歌或西部诗歌的宏阔和高迈。他写下《海》："高原是一个海，万物鱼一样踊跃的海 / 阳光下有无限事"。他写下《群山》，"摸到自己流淌的鲜血，摸到一堆散乱的骨头和墓穴 / 摸到江西或四川压低的屋檐"。他在《高原种石头的人》中指认了一种新的工人形象："高原种石头的人 / 也种金属、稀土。作为矿工，我们的土豆、圆根 / 是我们的汗水。"诗人行走和立足在南高原，重新彰显了雄性诗歌的喉结，让人追想于坚当年的气象，"南高原的爱情栖息在民歌中 / 年轻的哲学来自大自然深处 / 永恒之美在时间中涅槃"（《南高原》），从而理解了陈超的断语：雄性"几乎是概括了整个西部诗歌的审美感受"（《中国探索诗鉴赏·西部诗诗群》）。

汪峰的超越在于，他既看到高原而又不回避矿山。他要追溯的不是传统意义的地域性写作，不是对立身之地进行纯地理的、人文性的省思，而要为一座现代化的高原矿山找到新的美学观照。他唯一的途径就是进行全场域的扫描，从熟悉的工矿素材中找到新质的内容。"西部高原，有火焰的炉膛。／有青铜，敲打着激流的速度。／有大地山川，有堆起骨头的山坡。"在这厚重的历史背景上，更有新鲜的事物，是"有国和家的挤压，／冶炼冶炼，／在西部的炉膛，／我昼夜梦想着点石成金。／内心的喧腾无休无止，我在经受火焰的拍打和浇灌，经受青铜最蚀骨的爱和痛。"（《西部的炉膛》）。这是一种既置身于现场又抽离现实的笔法，与诗人世俗身份相吻合。在整组诗歌中，诗人以抒情主人公身份，对高原矿山的现实场景进行了文学化的表达与呈现。诗人是现代企业的文职人员，日常工作触及企业所有经脉，他熟悉公司的会议、规划、业绩、报表、总结，纸上矿山连通着全国的政治经济术语。但这并没有搁置他对企业更深的打量，他熟悉公司各个角落和岗位、各种优越和伤痛。他要通过诗歌也只有通过诗歌，把现代化高原矿山的生动心跳全面安放到纸上，与悠远的人类生存景观进行比照与打量。

在这种打量中，不难发现李白诗中的那个."赧郎"形象。是的，汪峰笔下的冕宁县白土村，自然让人想起李白的《秋浦歌》。秋浦，今天的安徽省贵池县西，是唐代银和铜的产地之一。李白在《秋浦歌·之十四》中写道："炉火照天地，红星乱紫烟，赧郎明月夜，歌曲动寒川。"这是正面歌颂冶炼工人的诗歌。曾经有人把李白列入矿业诗人或地质诗人，从诗歌中推测李白是"矿师"，自运自贩矿石和精矿，常常与劳工们打成一片，亲至"铜井炎炉"与工人一起劳作。汪峰的现代化高原矿山，当然与古诗中的采矿炼矿场景迥异，但劳动的艰辛是一样的，"炉前工在鱼尾纹中弯腰。/藏身在累处，藏身在痛处，才能藏身在高处。/炉前工在血水的内部/紧扣工业时代的皮带。"(《冶炼》)清代王琦在《李太白全集》注疏中指出"赧郎"既指冶夫脸色又"当属己而言"，是诗人内心感发愧赧。这是懂诗的学者，汪峰的"炉前工"同样寄寓着诗人的悲怀。

但汪峰没有从悲悯情怀出发，把高原矿山打入破坏大自然、制造工伤的负面形象之中，他继承了昌耀诗歌中明亮通达的胸襟。对于工矿题材的处理，在整个诗歌气质和语声基调上，汪峰与昌耀有着颇多可相参照之处。汪峰的高原矿山，不但远通李白的秋浦歌"赧郎"，更通向昌耀的青海八宝农场那个神秘的"哈拉库图"。昌耀边关流寓之中能够保留汉语诗歌纯正的大地品质，而没有陷入不公正命运的抗辩和离骚中，是西部诗歌最可宝贵的精神遗产。在昌耀亲自选定的诗文总集中，他仍然保留着1959年的作品《哈拉库图人与钢铁》。几十年之后，他当然知道炼钢运动是一个不宜于正面歌颂的题材，但他固执的保留着这个篇目。事实上如果去掉政治化视角，这种叙事小长诗确实保留了边地人民真实的时代气息。

富有意味的是它的副题："一个青年理想主义者的心灵笔记"。换句话说，对哈拉库图炼钢题材的描写曾经寄寓着诗人对新生活的向往。在这首结构颇有讲究的叙事诗中，昌耀把喜娘的婚礼与出钢的喜讯同置一起。上篇《喜娘的订婚酒宴及炼铁消息》中"哈拉库图人也要掌握工业化了"，中篇《炉前，哈拉库图人的笑声》，"好美好美啊，哈拉库图人浇灌的花朵"，下篇《红双喜》"你啊，炼铁工人喜娘，庄重地笑了"，通篇洋溢着乐观喜庆的色彩，而作为 1959 年特殊年代的诗歌作品，昌耀并不回避炼钢号令的古怪："土高炉吞下／九千斤矿石，九万斤焦炭，吐不出一滴铁"。该诗的价值在于真实地保留了牧区人民经历的时代阵痛，而喜娘、洛洛两个炼铁工人形象，比李白的"赧郎"更其悲壮。三十年之后，昌耀在经典性的长诗《哈拉库图》中对这段岁月进行了诗性的沉思："一切都是这样的寂寞啊，／果真有过被火焰烤红的天空？／果真有过为钢铁而鏖战的不眠之夜？／果真有过如花的新娘？／果真有过哈拉库图之鹰？／果真有过流寓边关的诗人？"

当然，汪峰的写作是直指当下的，撕开现实的，他并没有陷入时间的浩叹。作"赧郎"的形象延续，作为诗歌的文化谱系，汪峰像帕斯一样要抓住的是"当下"，"诗歌偏爱瞬间，并希望在一首诗中将它复活，将它从时间的延续中分离出来，成为固定的现在。"（帕斯诺奖演说《寻求眼前》）。尽管我们能从中读到一种时间上的贯通，面对"西部的炉膛"，汪峰也像帕斯面对"太阳石"，昌耀面对"哈拉库图"城堡，但没有从时间的维度解读现实，相反是要绑定最新的、独特的现实。"无所谓今古，无所谓趋时。／所有的面孔都只是昨日的面孔。／所有的时间都只是原有的时间。"昌耀在《哈拉库图》的感叹和帕斯《太阳石》惊人相似，也许三十年后的汪峰才会发生共鸣。

在汪峰笔下的现代化高原矿山，同样流露着昌耀那种理想主义的气质。这是一种源自大地品质的诗歌气象，源自汉语谱系的家国情怀。正是这种明亮的基调，让汪峰的目光不会局限于矿山的伤痛，而触及人类发展的激越和奋进。他的诗句不是空泛的赞美，而是客观事物本身的面相。"比河流更激越和滚烫的是水电工人的心 / 比横断山脉更有落差的是我们正尝试着改变的贫穷"（《电》），作出这些主观断语的，是诗人对现代化高原矿山的本质有着清晰的认知，在以电力为基础、以信息化为支撑的现代化企业里，人类新鲜的生产力容易激发诗人雄性的诗怀。"在电的激流里，我要回到安宁河、雅砻江、金沙江 / 在电的激流里，我要以我的快慰激活满山的石头、满天的红云"。宏阔之语，来自客观事物的真实。在《马背上的西部》，他进一步描述了电力时代的壮美："马背上的三角铁指向峰顶。建昌马 / 个小，山路正好适应它的短腿 // 一个转身又一个转身，偶尔也有马跌落山崖 / 但一块块三角铁在悬崖或峰顶上站了起来，站成了铁塔，架上了电线 // 马背上的三角铁指向峰顶。实际上是 / 马背上的西部要指向峰顶——"马背，三角铁，铁塔，电线，构成西部壮丽风景的新元素，对冲了诗人凝视工业园流水线时的坚硬和寒凉。

汪峰没有把高原矿山当作"理想国"，也没有重合打工诗人们的工业"痛感"。我喜欢他诗歌中明亮的基调，同时又保留中性的视角。在人类发展史上，现代化高原矿山，是人类进程无法回避的产物，以古老乡愁来对抗现代文明，波德莱尔式的讽谏已显得陈旧。它有工业冰凉的一面，又有人间奋发的一面。它总归是客观的，需要民众的融入和接纳。汪峰的诗歌定位是适宜的，"我的到来是及时的。你接过锤子扳手 / 紧握着铁，先有温度，再有热度"（《铁》）。他写下的劳动者系列不同于以往，有主控室的工程师，"窗内的春天，是女工程师带电的眼眸和键盘上飞动的手指"，（《风》）也有流水线上的普通工人，"女工在逼仄的工装里，/ 给花朵分工，她驱动丰硕的乳房和／身后暴瘦的村庄"（《女工》），有"在兰花的根部坐了一个多小时"的休息，也有"不小心在钢琴里留下了一截手指"悲伤情节。汪峰是一个善于抓住典型场景并给予生动呈现的诗人，他充分调动了视觉、听觉、触觉，把现代工业进行了细致的内部解剖：车间，烟囱，金属堆垛，齿轮，电锯声，电风扇，机台，皮带机，螺钉，流水线……而这里所呈现的不堪与隐忍，诗人与工人们一起感同身受，锥心刺骨。噪声是常见的工业产物，诗人在《电锯声》中调动了象形（每句省略号开头）、拟人、比喻等修辞，把无形的声音具象化，与诗歌上常见的音乐描写形成对比，"……白森森的牙齿在空气中闪耀，把我的躯体提到了半空／……哦，我在你怀里，学会了窒息。"

　　诗歌的现代性，更多来自审美主体，而不是审美客体。汪峰在这组诗歌中最大的艺术特色是打破了惯常的平面视觉，以超现实、意识流的手法揉碎了事物平面外形，重新塑造了一个多棱的高原、矿山、车间。汪峰当然清楚，如果以散文化的句子来书写这座现代化高原矿山，那它将沦为一座平庸的企业，跟他平日面对的文案一样索然无味。与张学梦的现代化书写不同，汪峰虽然面对着真实的工业场景，但他脑子里盘活的是形而上的图景，他寻找着精神生活的对置，让具体的生存感觉得以提升或置换。在《齿轮和手指》中，诗人并不是重复郑小琼写过的流水线与断指，而引向了人类精神的类比："有一种背叛也叫缘分，有一种隔与生俱来。／真实的爱情缠满绷带。真实的咬啮，从来都是疼痛。"描写群山时，他同样能够推陈出新，"群山像在水井里乱撞的群蜂。／暮色时分，只有黑暗来收拾散乱。"以动写静的笔法让人想到海子诗歌的恣意修辞，"一只饮水的蜜蜂／落在我的脖子上／她想／我可能是一口高出地面的水井"（海子《春天的夜晚和早晨》），这种打破日常感知的写作方式，让这组诗歌本身像一座现代化高原矿山，既有采矿的粗犷，又有冶炼的难度，更有深加工的精微，从而让塑造的"诗歌喉结"在当下诗歌版图中更加突出，更加鲜明。

阅读汪峰组诗《在高原种石头的人》，我奇怪于汪峰这种成就于异乡的诗歌之旅。汪峰早年即在江西一座矿山上生活，但那时的青春诗情完全无视他置身的矿山，他仿佛与谋生之所有着天然的隔阂，甚至担心矿山的灰尘遮挡诗歌的月亮。那时他热衷于乡土意象和古典意象，那时他没有走出江西，他与江西的诗歌向度也就高度重合。后来他曾以口语诗的方式，与现实发生猛烈而迷茫的冲撞。最终，他随同工矿企业离开故乡来到异域，经过十年的融入与摔打，发现了自己最切近的诗歌题材。不能说这是否定之否定，只能说诗歌成为他不离不弃的信仰，从而真实地抵达了我八年前的祝福："真希望他们离乡的生存发展，会让写作呈现新的可能"（范剑鸣《我们的年轮》）。

2020 年 7 月 5 日

诗评摘编

《每月诗星》汪峰的《工业园》只是借工业园抒发冶炼的情感，他的工业园都是农业园里的实用农机具工业，换句话说，就是我们过去的铁业社的手工业，没有高难度。电、锯、皮带机、螺丝钉等都在冶炼炉里渐次完成。或者说没有所谓的"后工业时代"。诗人在锤炼诗歌的文本上，欠缺的就是一种冶炼厂里的科技进步与文明。我不认同冯雷老师"诗句光芒闪闪"这样的"礼赞"。

——布日古德《诗歌的乡愁根基在哪里？/〈诗刊〉2020 年第 3 期综述》

上半月刊的"每月诗星"推介的是诗人汪峰的《工业园》，汪峰擅长将火热的爆炸式的激情与冰冷生硬的语词熔铸于一起，诸如"让金属的骨头火焰一样狂长"（《冶炼》），"是生硬，是冰凉，是气味。是生猛的野兽"（《一朵花开了》），"阳光透过车间，铜质的勋章灿烂而放肆"（《阻止》），在语词与意义的巨大张力之中，赋予传统意义上的文化符码以个人化的意绪，以实现"想在个人诗史上铸上金属的灵魂"（冯雷《灵魂和金属一起，脱胎换骨》）的诗学理想。汪峰的这组诗里，不断闪现着金属、炼炉、高压电、机器、钢铁、螺钉、齿轮等具备硬品质的零件化的词汇，抽象出一个后工业时代的现代风景，但诗人并无意于以此指责现代工业进程对个体生命的异化，反而另辟蹊径，将生冷质地的语词与燃烧、高温、火焰、炼炉、电光、石火等高热量的词汇并置，从而产生了评论家冯雷所言的独特的美学效果，"在它们的烘托下，整首诗显得'闪耀'而又'滚烫'"（冯雷《灵魂和金属一起，脱胎换骨》）。而诗人汪峰的意义也正在于此："后工业社会"下，"那种为事业而非工作、为生命而非生活，像狮子一样忘我打拼的自豪感、荣耀感、成就感也许更是诗歌和时代所久违的"（冯雷《灵魂和金属一起，脱胎换骨》）。

——武汉大学中国现当代文学专业博士研究生 王崚《2020 年 3 月〈诗刊〉读后感》

汪峰《工业园》（组章）以民族精神为立意，谱写了新时代工业文明的赞歌；以拟人化的手法，勾勒出现代化盛世图景。

——敬笃《文体自觉意识：新时代散文诗的担当/2019 年第 8 期〈星星·散文诗〉阅读之初印象》

汪峰的组诗《矿区》是河底的沉沙。

——陈年喜《2021 年 9 月〈诗刊〉读后感》

汪峰则是一位技术工人，用他独特的职业体会写诗。诸如"他或她会反复打磨/他们的祖国，一会儿放在高远而寂寞的山岗上/一会儿放在辽阔而疾驰的火车中"。这样的句子把具体的个体劳动者表述为"反复打磨祖国"，用奇特的语言方式表述了劳动者的意义与自我定位，有阔大的视野和关联之感，而比喻不俗。

——康宇辰《书写人间之爱的方法|〈草堂〉2021 年第 8 卷评述》

《矿石的荒野》是诗人汪峰与山冈、工棚、机器、铁管的日夜对话，在这种与周围环境进行深度摩擦之后的语言，其实已被自然物象所镌刻。切斯瓦夫·米沃什写过"如果他要想表达现代人生存的处境，他必生活于某种流放状态之中"，我在诗人的这组作品中，便读出了这种状态。"一个内心斑驳的人，抱着一堆矿石 / 是一堆矿石的荒野"，提出了人的当代生存处境及其忧思。他写架线工，满怀热切的真诚，"从黑夜中提取黑夜"多么强劲的内省世界，读来又会掠过无限的悲凉，况味尽现。写《马达》《铁管》，把物的荒凉从机械和死寂中提炼出来，透射着闪亮的智识和"群山的沸腾"。

——飞白《因地制宜与内心的安慰｜〈草堂〉2022 年第 9 卷评述》

从人民群众中成长起来的诗人，"一般说是最能站在人民的立场来真实地反映现实生活和表现人民群众的思想情感。"比如汪峰的组诗《年》（载《散文诗世界》2022 年第 1 期），以《圆》《福》《禧》《红》《年》为诗题描写了人民群众过年时的生活，当然不是纯粹为了描写而描写，为了祝福而祝福，更不是过年场景的如实摹写，而是让生活的哲思流动在"圆拔除眼眶里的荒草，把姓氏、家国 / 和山川紧紧地抱在一起""要珍惜脚下沉甸甸的土地，/ 人生终归会尘归尘，土归土""要抽打麻雀叽叽喳喳的脸。/ 要赶走乌鸦。我再也不想背着黑锅生活。/ 要让喜鹊过来，一左一右坐在窗上，构成我的内心""可以有爱，有爱就有伤口，在门或窗上，或者在姓氏里""对联红着脸扶着大门看回家的亲人 / 对联里肯定有瀑布左一行右一行从宗谱上无声地砸下"等充满诗意的字里行间。此外，体现人民性的新工业诗歌题材写作也是汪峰本年度收获之一，比如他的组诗《矿石的荒野》（载《草堂》2022 年第 9 期）《矿工是一群羊》（载《星星·诗歌原创》2022 年第 5 期），深度地反映了矿工们的工作和生活，"矿石的荒野"作为诗人创作新工业诗歌情感激发的源头，建立了一种工业与诗歌之间的诗意联系，回击了过去那种机器声和口号声充斥诗行致使传统诗学领域流行着"工业无诗"的片面诗观。诗人跳出了从正面对矿工们工作和生活状况的表象描写，而是将视角选择在"牦牛坪矿区工棚的窗子里住进了月亮也住进了星星"的晚上，比较好地处理了创作中的主观和客观、深度和广度的关系，并把丰富诗意浓缩在"一个内心灼热的人用他的劈柴支起矿区的孤独 / 和一场宽衣解带沉沉的鼾声"中，从而使得诗人生活实践的深度和创作视野的广度以及思想水平的高度比较好地结合在了一起。

——刘晓彬《新时代人民性抒写及其他——2022 江西诗歌创作述评》

提笔记录生活，不同诗人赋予了文字不同的质地，或硬朗如铁，"要命的绳索，奔跑着狂热，仿佛火逼着火：/ 我们弯下头颅便是镰刀"（汪峰《架线工》）……诗人以所见所感作为原始材料，致力于将日常生活中的客观艺术形象融于诗歌，使之化为自然与精神的象征。从诗歌中汩汩流出的，是诗人关于故乡、家园和祖国的不尽情怀。

——李志娟《2023 年第 5 期、第 6 期〈诗刊〉读后感》

复杂必须同步于精神多维度的丰富才有效；简单同样也需要自身的浓度才能成立。这首《旷石的荒野》就非常简单：一个场景描写加生活概括。但布罗茨基曾说过'描写就是一切'这样的话，当然，要描写可见的事物，也要描写不可见的存在。汪峰描写的是一个底层男人：矿工，他在我们的时代所承担的重量。也许，再过几十年，这种职业会被机器取代，那时，我们阅读这类题材的作品时，就可以把它当作纯粹的审美。可现在，汪峰触及的价值观仍然值得很多诗人自省。

——潘维

汪峰的《冲出体内的铁水》从工业中提取意象，将人的神志熔铸到工业意象"铁"之中。《铁呀铁》以铁喻人，歌赞劳动者钢铁一般的意志。《废弃的矿坑》描述矿工枯老身体、塌陷的青春，情感之悲切不忍卒读。

——李啸洋《诗歌较准精神世界|〈草堂〉2023 年第 8 卷评述》

汪峰是近年来兴起的"新工业诗歌"主题写作的重要实践者。新工业之新，并非机器和从业者技术的迭代升级，而是重新调整的工业生产和从业者之间的复杂关系，"新工业诗歌"也理所当然的是对置身其中的劳动与人的复杂关系和幽微感情的现代性书写。汪峰包括 2022 年的创作成绩在内的系列诗作不是简单化的时代颂歌，而是追求用情感光芒去照亮工业内部的构建和幽暗，紧紧抓住劳动这一恒久而簇新的生存方式对人的淬炼和升华，展现人性的丰富、驳杂和深邃。他的诗饱含了强烈的自省、思辨、换位意识和复杂而独特的个人生命体验，呈现出了浴火重生的优异品质。鉴于此，特授予汪峰 2022 江西年度诗人奖。

——江西作协"2022 江西年度诗人奖"颁奖词

后　记

响应工业新时代的召唤

——浅谈新工业诗的创作

　　人们往往用"非此即彼"单一的观念来看待现实，并不理解繁复、多维是世界的本质和真相。为此，对当下的认知往往浮于现象、表面。对中国工业进入新时代的把握，即由传统工业向新兴工业升级，由农业大国向工业大国转型，同时，也开启了由工业大国向工业强国迈进的步伐。多维、多向度、多层级，表明当下的工业是混合的丰富性：工业新时代"不仅涵盖了采矿业、制造业、建筑业、电力、燃气以及水的生产和供应业，而且还扩大到了新兴产业、信息产业中广义的第二产业和第三产业等。同时，从事生产的工人不仅有传统的注塑工、操作工、压铆工、缝纫工、焊工等，也有来自农村由农民转化为工人的新兴产业工人等"①。当然大数据、人工智能、云计算、工业互联网等现代信息技术与传统企业融合赋能，中国工业正激发出少有的活力并将迈向一个崭新的高度。工业新时代改变了人们的工作习惯、生活方式、思维定势，改变了人们对世界的认知和审美向度。在人们的想象力空前暴发的同时，也给人们带来了深度的焦虑和怀疑。人与世界始终在互动互否的关系中递进；而诗歌创作，作为人类最传统的精神活动和最古老的手艺，在机器人能写诗的时代，既绽放着灿烂的惊奇，也面临着考验，并需要再思考再出发。

新工业诗歌必须透析工业新时代的精神内涵

世界工业的发展，普遍认为经历了四次革命，即以蒸汽机为代表的第一次工业革命，以电力为代表的第二次工业革命，以计算机信息技术为代表的第三次工业革命，以高级智能机器人为代表的第四次工业革命。工业革命，解放了生产力，也引发了整个社会结构和形态根本性的变革。西方很多国家，经历了几次工业革命，而跃居于世界最富裕最发达的国家。中国工业化的进程和西方发达国家相比，一度滞后。新中国成立以后，工业才逐步得到发展。改革开放以来，进一步激发出中国工业的潜力和活力。只有工业化才能创造出比农耕文明更多的物质财富，不断提高人民的生活水平；只有工业化才能让中国站起来，实现中华民族伟大复兴的中国梦。中国太需要工业现代化，为此，一代一代人为之不懈地奋斗。中国很长一段时间以农业大国的身份出现，而今天，中国已建立起一个全球独一无二最齐备、最完整的工业体系："我国拥有四十一个工业大类、二百〇七个工业中类、六百六十个工业小类，是全世界唯一拥有联合国产业分类中全部工业门类的国家"②，西方国家工业化发展了几百年，还没有哪个国家实现。中国工业化进程的突飞猛进，紧追世界技术前沿，随着《中国制造二〇二五》的推进，随着互联网、大数据、人工智能与实体经济的深度融合，我国正抢占第四次工业革命机遇的滩头，工业发展将实现新的跨越。习近平总书记强调："5G 与工业互联网的融合将加速数字中国、智慧社会建设，加速中国新型工业化进程，为中国经济发展注入新动能。"③当前，工业互联网正在赋能千行百业的数字化转型，推动我国数字经济进入全面发展的新时代，并成为高质量发展的重要引擎。目前全球在建的智慧城市约有一千多个，其中我国就拥有超五百个，在人工智能、物联网、5G 等创新技术的帮助下，智慧城市成了城市综合治理的重要支撑力量。工业的快速发展，促进了经济的发展，目前，中国 GDP 总量已居于世界第二位，成为世界第二大经济体。2020 年，中国经济成为世界惟一正增长的国家；2021 年，中国 GDP 增幅破 8%；2022 年，中国 GDP 同比增长 3%，虽有所放缓，但在全球主要经济体中仍名列前茅，继续巩固了中国作为全球第二大经济体的地位；2023 年，我国经济步入正轨，许多机构预测，我国经济增长率将达到 5%。工业的快速发展，对我国政治生态和思想文化生态、对民族自信心、自豪感等，产生了巨大而深刻的影响，中华民族迎来了发展的黄金时代。

艺术是时代和现实的映像。新工业诗歌，必须与工业新时代的发展相适应。当下，中国诗坛涌现出大量的新工业诗人和诗歌部落，他们正以崭新的工业视野的抒写刷亮人的眼睛。近年来，《诗刊》陆续推出王学芯、马飚、龙小龙、汪峰、王二冬、马行等诗人的新工业诗歌。2023 年 4 月，《诗刊》社还开展"云诗歌·新工业诗歌奖"评奖活动（8 位诗人获得了该奖项），倡导新工业诗歌写作，对整个诗坛产生了重大的影响。浙江诗人杨雄等也在《越人诗》微信公众号上推动"工业化写作"，他在"变电所"专栏开篇语中提出："第四次工业革命已拉开序幕，我们期待更多涉及工业材料（石墨烯）、基因工程、人工智能、量子力学和核聚变的作品"④。《越人诗》微信公众号现已推出多期"工业化写作"，如原散羊的《人工智能人》、马叙的《火力发电厂》、李浔《电商》、辛夷《在科学城上班》、蒋立波《在广通 4S 店度过的一个下午》、阿翔《地铁私人史》、梁晓明《天眼》等，形成了蔚然大观的新工业诗歌写作群体。诗人彭树认为："本质上来讲，工业化是一种全新的生产生活方式。物质决定意识。当生产力已经达到一定高度的时候，我们所创作的文艺作品也应该紧跟生产力的发展步伐。只有适应当下生产力要求的作品，才可能是代表最先进文化发展方向的作品"⑤。评论家吴辰认为：新工业诗歌不仅仅是一次诗歌主题的拓展，"是诗人们对于'新时代语境下，工业何为'的思考"，当下"工业"词的出现总与"现代国家的建构密不可分，在其中寄托了中华民族的坚韧品格和不屈精神"。新工业诗的作者必须"对工业在中华民族进程中的意义有着充分的自觉"。他以王二冬的《快递中国》为例，诗人把卫星发射、天文观测都看作一次次快递，其背后有着极强的象征意义。他还认为，在新工业诗歌中，工业与人、与生活的关系，工业与自然、社会、国家之间的关系必须放入新时代的历史语境中重新审视，"工业生产被源源不断地灌注进诗意，它不仅是物质的生产，更成为中国梦的重要组成部分。"⑥

新工业诗歌必须抒写个人独特而深厚的生命体验

诗歌实际上是一个诗人心灵史的描述，新工业诗歌创作也不例外。攀枝花市作协副主席黄薇，在诗人温馨诗集《采石场》的后记中提到："新时期以来的工业经验，一种是社会主义工厂中亮丽、带有音乐感的工业体验，另一种则是'世界加工厂'里工人所过着异化的、压抑的工业生活……呈现明显的外向型特点，不能传达真实的生活体验。"⑦实际上，真实的生活体验、独到的生命体验，才是新工业诗歌和旧工业诗歌的分水岭。

攀枝花是新中国重要的钢铁城市，主要依托企业是攀钢。而这里也孕育了很多工业诗人。诗人温馨作为攀钢的一位电焊工，她长期在矿山一线工作，她的诗在尝试咏唱"工业新田园"的同时，正努力赋予事物的温度，到物中去反观自己，浓缩了很强的个人体验。在她的诗中，矿区的一块矿石、一叶小草、一朵野花、一只蜻蜓、一只鸟巢和鸟、一束光和一片月光，以及一枚钉子、一坨油、一把扳手、一根焊条、钻杆、铲斗、大架、平衡梁、插销、一条路、铁皮屋等，还有工人艰辛的工作和朴素风趣的生活都是她抒写或描述的对象，都是她的及物，敲一敲它们，都会溢出一个诗人身体的声音。比如她写矿山的小茅草："倔出头的白茅，在春天／瘦成矿山里的一株风景。我从漆黑的铁矿石中抽身／立即被那洁白的脸颊照耀。"（温馨《矿山里一株白茅》）她写小柑橘树："一个生命／也荡漾出了／一层层绿波"（温馨《厂房里的小柑橘树》）；比如她写工作或生活的场景："工作服包裹我／的确像一片柔软的粽叶／／……一根焊条，两根焊条……／当工业的汗水，汹涌而出／活泛成一勺、一瓢、一桶水时／／采场这口大锅，沸腾了"（温馨《大架上，他们说我像一枚粽子》），在平静的描述中，努力让血液冲出皮肤的裂口让人震颤："安全帽是我的另一张脸，不能轻易取下／盒饭里滴着的机油是佐料，落下的粉尘是佐料，流下的汗水也是佐料"（温馨《尘土飞扬中，我们在吃饭》）、"脸膛要黑，眼睛要亮，眉心要皱／指要粗，掌要大，肩要宽，背要直／身上的工作服要油／脚上的劳保鞋要牢固，头上的安全帽要干净／手上提着的扳手要多，背上扛着的大锤要重，脚下的土地要硬"（温馨《矿山工人的素描》），一个新时代真实可感有血有肉的工人的群像，被温馨朴素而鲜活的语言描绘出来，并且绵里藏针，不小心内心就被扎痛："三十年前，矿山还在山顶那个位置／三十年走了多少同事／焊着焊着我就跪下了"（温馨《焊着焊着，我就跪下了》）。

郑小琼的新工业诗，源于她 2001 年至 2006 年在广东东莞一家五金厂打工的经历和"在流水线上装配零件，一天二万多次重复动作，每月三十天重复着这个动作""珠江三角洲每年被机器切断的手指头有 4 万根以上"的深刻体验，她的新工业诗歌充满了"铁"的意象。"我在五金厂，像一块孤零零的铁"（郑小琼《生活》）、"有多少在铁片生存的人／欠着贫穷的债务"（郑小琼《机器》）、"看见疲倦的影子投影在机台上，它慢慢地移动／转身，弓下来，沉默如一块铸铁／啊，哑语的铁，挂满了异乡人的失望与忧伤／这些在时间中生锈的铁，在现实中颤栗的铁／——我不知道该如何保护一种无声的生活"（郑小琼《生活》）等，她用"哭泣的铁"来隐喻"失业的男性"，"生锈的铁"来象征"工业的伤害"，而"等待图纸安排的铁"，表达个体的人在工业时代面对工业制度的脆弱和无力感，他们在工业时代被损害，最终变成工业制品的一部分。铁，冰冷而孤傲的铁。在国外和个人资本涌入的初期，它在承压，饱含了一个时代之痛。而今，工业已进入新时期，进入信息化、智能化时代，产业工人也逐步转型，传统的打工意义正逐步消失。

辽宁本溪"80后"诗人吴言，他把语言之吻伸入到工厂的喉舌。在诗中，他和工厂、机器不分彼此："谁在拧紧螺丝的同时，也被钉在了机台旁 / 我目睹着工友们用扁铲剔掉了青春 / 他们从早到晚聆听着捏住金属喉咙发出的声音 / 疼与痛，打磨与组装。"（吴言《在水泵厂》）他还把情感渗入工厂的细微之处："风，吹过螺丝，那些锈会指认时光的苍茫 / 风吹过机台，那些铁屑会摆好猝死的姿势"（吴言《风》）；"他们的热情在工厂里遭到冷却，然后 / 在拥挤的货架上争辩谁用的工序多 / 在分外仔细地猜想着自己将填补那个缺口 / 再将身上的油味透露给风"（吴言《与库房的螺丝谈谈心》）。一个诗人是可以让一块冰冷的铁片冒出热汗的，"我的眼睛，等着我慢慢辨认老去的工友 / 我的鼻子，多次心疼着我已生锈的肺 / 我的忧愁，一茬接一茬的抢占黑发 / 我的口袋，让我觉得活着像是冒险 / 我的身体，累得血管都不愿意被麻木节奏"（吴言《致自己》），诗歌情感曲逆而饱满。诗人张笃德在点评吴言的诗时，认为工业诗必须有三个特点：一是身在其中，"我就是机器的一部分"；二是对工人的处境感同身受，有话要说；三是有真情和思想追求。他认为，当代工业诗比较活跃，但也存在很多问题："一是诗人缺乏对工业生活的了解，或者了解得不够深透，表达不到位；二是诗人对工业缺少感情，喜欢把工厂里的词汇进行简单罗列；三是急功近利，赶工业诗潮流，用写作技巧搭建工业诗积木，诗句生硬，玩语言游戏。"[8]

工业，作为一种冰冷物，人的感情和经验一融入它，它的性质就发生了变化，它就变成了可感的事物。工业实际上是可以和人合而为一的，也具有人性的温度（特别是交感机器人，能实现人机交流互动）。我还认为，诗人应从工业的同一中不断去发现独特，在大工业中，每一个人都是一条自己的路，都具有自己的卑微或不凡。我在走，流水线在走，我觉得这仅仅是两维的关系，显得单一，我必须在其中再插入一维：让一束光照进来或将一架钢琴放在那里，来构建立体的诗意，我是说，工业诗歌，在写作手法上，不仅仅用单一的比喻或叙事来构成，而应该听任诗人的生活经验，牵引着工业物丰富的意象，来展示人与工业、人与时代驳杂而丰厚的感情，让生硬而冰冷的工业镀上激情和温度，而成为读者可感、亲切、丰富、生动的形象。

新工业诗歌必须有现代主义意识

新工业诗歌既有朴素、单纯、灼热，催人奋进的一面，但随着工业化、城市化的发展，人类物质化进程也在加速，新工业诗歌必然袒裸冷峻的一面。首先我把工业诗放在我们民族的历史性格和当下世界文化融合的大背景下来分析：第一、工业文明与中国传统的农耕文明相对立。回归田园、回归乡土、回归自然，一直是中国人的文化情结和理想化生活，而工业文明则相反。第二、集体无意识和追求个性的对立。在上世纪八九十年代，受西方文化思潮的影响，中国文化精英个体精神进一步觉醒，张扬个性成为一个时代美学的共性追求。而大工业流水线的生产方式、复制、3D 打印的同一性，人成为工业时代一个众多同一器件之一，本质上取消了人的个性和独立。第三、工业的机械性、器具的冰冷、坚硬和理性，本身拒绝着诗歌的生成。第四、智能机器人、无人驾驶等出现，人被物淘汰出局，人对自身的存在产生了怀疑，对自身的价值也产生了动摇。第五、生物工程和克隆，触碰了人和道德的底线，让人心生恐惧。第六、工业对自然的破坏，对蓝天碧水的侵害，严重危及人的生存，自然有一种唾弃的生理上的反应。一个硬币必然有两面，一个事物总会有它的阴影。存在即揭示，我们在对新工业时代讴歌和赞美的同时，也要敞蔽。

印象派画家提倡借用"物体的色彩是由光的照射而产生的，物体的固有色是不存在的"这一光学理论，他们认为，景物不同的光照下有不同的颜色，他们的使命便是忠实地刻画在变动不居的光照条件下景物的"真实"，这种瞬间的真实恰恰就是一种转瞬即逝的"印象"，而他们把这种"瞬间"永恒地记录在画布上。我想，新工业诗歌的创作，也应借鉴印象派的表现手法，即用情感的"瞬间""真实"照亮工业，照亮机器、齿轮、螺钉、仪表、炼炉、流水线，包括气味、锈蚀等的阴暗。现实中的工业是一种真实，诗歌中的工业是另一种真实，它们虽有一定的内在联系，但"光与影"发生了变化，变成了内心的真实，而内心的真实又恰恰符合当下对新工业情感需求的好胃口，因此，探讨新工业诗歌的写作时，既要对新工业时代讴歌，也要把握住新工业时代在人类心灵中多层次的映射，从而展现出新工业时代诗歌的丰富、驳杂和深邃。

在攀钢工作多年的诗人马飚，他的诗中尽管频繁出现铁水、淬火、电、车间、转炉、运输带等词语，但他往往穿透词语外在的真实而直抵内心的真实。词语仅仅是词语，随着他内心的"印象"跳荡、魔幻、劲爆，闪现"超现实感"复合诗意的光泽，让读者对新工业诗从一维的传统阅读中跳出来产生多维阅读的新的经验。如"耳畔的胎记上，楼梯／小雨一样响起来"（马飚《时光：推上你的脸》）、"他们体内有飓风，砖石集邮一样累出人形／用重量活着"（马飚《这些不知自己伟大的人》）、"白天，在峡谷边空悬，磁力的野花／吃劲地拧螺丝"（马飚《讨论者，近乎落日：出铁》）等。

《越人诗》微信公众号"工业化写作"中的一些诗歌，把新工业的词刷得雪亮，并以现代诗写的呓语和谵妄，来展现诗歌的现代主义审美："人工智能人／steps_per_epoch／腾空了全世界的羊圈／把人类切成块种进去／等待收割狐狸皮土豆／人工智能人／counted_words[word] += 1／用阅后即焚的字节／提醒 steps_per_epoch：／'你的建模程序出错了，小心，别被主控注销了'"（原散羊《人工智能人》）。彭树的《直播基地》，在真实与虚幻之间，就像在碎玻璃中看到现实扎心的反光："5G 和 WiFi 火力交叉的覆盖下／卖丑的和卖货的、搞笑的和搞钱的／割韭菜和割割韭菜的／一共冲锋在万众创业的浪涌中／／黑夜到黑夜的堑壕战中／'亲人们'、'家人们'和'宝宝们'／混杂着方言味的气溶胶／如号角，反复击穿熔喷布包裹的屏障／土豪刷来飞机和游艇／突破场控的防线／抵达主播走私的边境／有人从直播音浪的前线撤退／在私域流量的桥头堡，建立起／快速变现的阻击阵形"，对生活的解构和臆写，使诗歌有了张力和深度。

日本现实主义画家石田彻也（1976 年出生于日本静冈县）的"工业痕迹"系列绘画，值得我们借鉴。在他的画中，人与楼房、飞机、轮胎、电视等工业产物形成合体，展现了人在工业化的途中既充满激情，但又极易被物化，变得冰冷和龃龉。他画过这样一幅画：一个男子的手臂已变为叉车的前臂，拿手提箱时，已找不到自己的双手去拎起，而仅以叉车的姿态去托起。他还有这样一幅画：前面一个男子在皮带传动轮上奔跑，身后皮带机的两旁，很多人都拿着一个铁钳。他稍一跑慢，就得受伤。这幅画实际上在表达，在快节奏的工业社会里人们所面临的胁迫。石田彻也是深刻的，他提醒人们，在新工业时代，我们也应深刻地体会到人类在机器面前的尴尬和窘境（包括人们对智能机器人的担忧），以及新工业文明在给人类带来福祉的同时，也会带来致命的伤害。

注释：

①刘晓彬：《新时代新工业诗歌的现实主义立场》，《文艺报》2021年4月30日"理论与争鸣"版。

②金壮龙：《工信部：我国是全世界唯一拥有联合国产业分类中全部工业门类的国家》，《中国网直播》2023年3月1日。

③习近平：《习近平致2020中国5G+工业互联网大会的贺信》，《新华网》2020年11月20日。

④杨雄：《是时候拉开"工业化写作"的序幕》，《越人诗》微信公众号2020年10月21日"变电所"栏目。

⑤彭树：《越人诗"工业化写作"综述及"去农业化写作"》，《越人诗》微信公众号2021年2月21日"变电所"栏目。）

⑥吴辰：《王二冬组诗〈快递中国〉：新工业诗歌"新"在

何处》,《中国作家网》2019 年 8 月 30 日。

⑦黄薇:《当代工业诗歌的发现与激活》,见温馨诗集《采石场》,北岳文艺出版社 2019 年 12 月第 1 版。

⑧张笃德:《工业花开别样红——读吴言诗集〈在工厂里写诗〉小议》,《中诗网》2020 年 7 月 15 日。